8

俺は全てを【パリイ】する

～逆勘違いの世界最強は冒険者になりたい～

著・鍋敷　イラスト・カワグチ

I WILL "PARRY" ALL

- The world's strongest man wanna be an adventurer -

【これまでのあらすじ】

獣人たちの村で、ノールたちが
農地や水路づくりなどして過ごしていたある日、
税の徴収に地方領主・ラシードが現れた。
ラシードはノールたちに、
『時忘れの都』で裁定遊戯に参加して、
それに勝てば税を免除すると提案する。
『時忘れの都』についたノール一行は
裁定遊戯に臨み、初戦のダイス、第2戦のカードと勝ち続け、
最終の第3戦はノールとラシードの部下、
片目片腕の獣人・シャウザとの一騎打ちに。
激闘の末ノールが勝ち、
『時忘れの都』はノールたちの所有となるのだが、
ラシードには何か思惑があるようだった。

I Will "PARRY" All
- The world's strongest man
wanna be an adventurer -

Character

Noor

ノール

12歳ですべての「職業（クラス）」において才能がないといわれ、山に籠って唯一のスキル「パリイ」の鍛錬を繰り返す。最低ランクの冒険者だが、実はとんでもない能力の持ち主。ただ自分だけがそれに気づいていない。

Lynneburg (Lynne)

リンネブルグ・クレイス（リーン）

14歳。あらゆる能力に秀でたクレイス王国の第一王女。反対勢力から命を狙われ、危ういところをノールに助けられる。以来ノールを「先生」と呼んで慕う。

Ines

イネス・ハーネス

クレイス王国の騎士。幼少の頃より特殊な防御能力を持ち、それを活かして現在ではリーンの守護役を務める。21歳。

Rolo

ロロ

魔族の少年。生い立ちなどは不明。魔族は他の部族などから弾圧の対象であり、かなり不幸な幼少期を送ったものと思われる。

Sirene

シレーヌ

六聖・ミアンヌ率いる『狩人兵団』の副団長。ミアンヌが将来を期待する弓の名手で、副団長クラスでいちばん若い。獣人の血を引く。

Rashid

ラシード

サレンツァ家当主の長男で『時忘れの都』の領主。ノールたちに獣人の村への徴税を免除するため、裁定遊戯への参加を提案する。

【目次】

I Will "PARRY" All
- The world's strongest man wanna be an adventurer -

Contents

Volume EIGHT

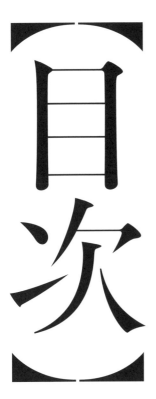

152　シャウザとシレーヌ

「君の名前はシレーヌ、だったよね？　君一人で来たのかい？」

前『時忘れの都』の経営者《オーナー》であるラシードは自分の期待通りの来客の姿を目にすると、優しく笑顔で応対した。

一方、意を決して重厚な扉をノックして部屋を訪れた方の人物、シレーヌは相手のあまりにも好意的な態度に戸惑っている様子だった。

「……は、はい。個人的な用事ですので、リンネブルグ様の許可をもらって私だけ」

「へえ、なるほど……個人的、ね。では、どうぞ、そこに座って、シレーヌ。君、お茶は飲むかい？　茶葉の好みはある？」

「お茶は熱すぎなければ飲めます。でも……好みはこれといって」

「では、メリッサ。ここにある一番良いものをお出しして。茶器《ティーカップ》も彼女に相応《ふさわ》しい品を」

「かしこまりました」

「ど、どうぞ、お構いなく……？」

シレーヌは予想外の歓迎ムードに気圧《けお》されつつ、促されるままソファに腰掛けた。

そうして座り心地の良すぎるソファにまず驚き、それから次に何をしていいかわからず縮こまり、キョロキョロと部屋の中を見回してはしばらく居心地悪そうにしていた。

メリッサはそんな明らかに場慣れしていない少女のぎこちない挙動を横目に、てきぱきと来客一名分のお茶を用意する。

「どうぞ。飲み頃の温度に冷ましてあります」

「ありがとうございます……あ、このお茶、本当に美味しいです」

「気に入ってもらえて何よりだ。それで、君の用件とは？」

あっという間に目の前に置かれた良い香りがするお茶に気を取られていたシレーヌは、ラシードの問いかけに肩をびくり、と震わせた。

「そ、そうでした。ええと、実は……その……？」

シレーヌは何か話題を切り出そうとするものの、なかなか上手く言葉にできない様子だった。

だが、視線はシャウザに向いている。

来客の分かりやすい態度にラシードは穏やかな笑顔を向けた。


「あれ、もしかしてシャウザに用事かい？」

「え？　あ、はい……実はそうなんです」

「なぁんだ。それなら、僕らは席を外しておいた方がいいかもしれないね？　メリッサ」

「はい、ご命令とあらば」

「じゃ、邪魔者は出て行くことにするから。どうぞ、ごゆっくり」

「は、はい。ありがとうございます……？」

ラシードは残る二人に陽気に手を振るとメリッサを連れて、部屋を出て行った。

残されたシレーヌとシャウザはしばらく黙ったまま向き合っていたが、一方は僅かに緊張し、もう一方はどこか苛立っている気配を互いに感じ取った。


「…………」

「…………」

気まずい沈黙にまずは黒服の男が耐えきれず、低く唸るような声を出す。

「……一体、俺に何の用だ。用件があるなら、早く言え」

シレーヌは男の言葉に無言のまま飲み干しかけていたお茶のカップを置いた。

だが、どう切り出して良いか迷っている様子だった。

「ええと……その。何ていうか、急に押しかけて……ごめんなさい」

「……別に、責めているわけではない。単に訪ねてきた理由を聞いている。前置きはいい、本題から言え」

「さっきの勝負の最中のことなんですけど……シャウザさんの首の後ろに痣《あざ》みたいなものが見えたんです。そのことで聞きたいことがあって」

「……あれを見たのか」

シレーヌの言葉にシャウザは一層眉間に皺《しわ》を寄せ、苦い顔をした。

「すみません。やっぱり見られたら嫌なものでした？」

「いや、いい。あるのは事実だ。だが、それがどうした」

「あれって、刺青《いれずみ》の痕ですよね？　それも一度入れた刺青を消した痕」

「そうだ」

苦い顔をしながら顔を背ける男にシレーヌは今度は臆せず詰め寄るように言った。

「私、その刺青の部族のことを調べているんです。私の家族も昔、その部族の一員だったらしいんですけど、なんの手がかりもなくて」

シレーヌに疑惑の眼を向けていたシャウザはなんだそんなことか、と小さく首をふる。

「……そうか、お前もかつての同胞か。ならば多少のことは話せるが」

「ほ、本当ですか……!?」

「だが今更、そんなことを調べてどうする？　あれはとっくに滅んだ部族だ。お前が素性を知ったところで何か得になることがあるとは思えない」

「確かに、そうかもしれません。でも、もうなんでもいいんです。私、あまりにもこっちの家族のことを知らなくて。ほんの少しでもいいから、何かを知れたらいいなぁって思ってて……まぁ、理由といえば実のところ、それぐらいなんですけど」

「要するに興味本位か」

「ええ、まあ。そんなところですかね」


片手で頬を掻《か》きながら、尚も自分に真剣な眼差しを向けるシレーヌの様子にシャウザは少しだけ重い口を開いた。


「何か、手がかりとなるものはあるのか」

「……いえ。実は、あんまり。そもそも父と兄は十年以上前に離れ離れになったきり、ずっと音沙汰がなくて。生きているかどうかもわからないんです」

「つまり、お前が調べたいのはその父と兄のことか」

「はい、そうです。兄の名前はリゲル。父の名前は教えてもらえませんでした。残りの手がかりは強いていえばこの首飾り《ペンダント》の模様ぐらいで。それがシャウザさんの首の後ろにあったので、何か教えてもらえるかもって」

何かを思い出そうとするように俯いていたシャウザはシレーヌが口にした名前を聞き、差し出された首飾り《ペンダント》を目にすると一瞬、驚いたように片方だけの目を見開いた。

「――それは……やはり、お前はそうなのか」

「もしかして知ってるんですか？」

「ああ、そうだな。確かに知っている」

「じゃ、じゃあ……！」

シレーヌの顔が期待に明るく輝いたのとは対照的に、シャウザの顔は一気に曇り、続く言葉を吐き捨てるように口にした。

「――その首飾り《ペンダント》でお前の素性は理解した。お前が父と兄を探しているという話も信じよう。だが……今更、お前があの愚か者共のことを調べて何になる？」

「……愚か者？」

「そうだ。話を聞きたいというのなら幾らでも聞かせてやれるが、お前が聞いてもきっと後悔するだけになるだろう。俺がお前に語るのは只々不快なだけの人物についての話になる。正直……全く気が進まない」

シャウザは正面に座る少女に真意を確かめるような鋭い眼差しを向けた。

「……後悔するかどうかは、シャウザさんの話を聞いた後で決めたいと思います」

「一応、警告はした。俺は肉親の前だからと言って包み隠すような物言いはしない」

「はい。それでいいのでお願いします」

しばらく見つめ合うが少女の意思はもう変わらぬとみて、シャウザは小さくため息をついた。

「……そもそも。滅んだ一族のことはどこまで知っている？」

「ほとんど何も。名前もこちらに来て初めて知ったぐらいで。母は全く教えてくれなかったので」

「だろうな。その方が賢明だ」

黒服の男は改めて椅子に深く腰掛け直し、深く息を吸うとゆっくりと語り始めた。

「――――今から十年と少し前だ。俺たちの部族『ミオ族』は商業自治区サレンツァに存在する数々の有力な獣人の集落を束ね、支配者であるサレンツァ家に一斉に弓を引いた」

「サレンツァ家に、ですか？」

「言ってみれば、現状に不満がある獣人たちを焚きつけての反乱だ。だが結局、その反乱は数日ともたず、滅ぼされた。顛末《てんまつ》としてはそれだけだ」

「……父と、兄はどうなったんでしょうか」

「お前の父は『ミオ族』の族長……戦闘に参加した十八の部族の全ての指導者にあたる人物だった。だが、指導者とは名ばかりの臆病者」

「……臆病者？」

「そして息子リゲルは皆に英雄と持て囃《はや》され、浮かれただけの愚か者だった」

「………………」


シレーヌをその肉親と知りつつ、男はあまりにも厳しい口調だった。

だがシレーヌはそれ以上何も言わず、男の言葉に耳を傾け続けた。


「……正直、あれは戦闘と呼べるかどうかすら疑わしい、一方的な殺戮だった。我々、獣人達はサレンツァ家が用意した圧倒的な物量に為す術もなかった。戦場で弓を取った者は瞬く間に強力なゴーレムに手足をもがれ、頭や胴体を吹き飛ばされ、時にはただ踏み潰され無為に命を落としていった。だが、その中で奴らだけが生き残った。他ならぬお前の父と、兄リゲルだ。奴らは殆ど傷を負うことなく敵に捕らえられ、生きたまま処刑台に運ばれた」

「処刑台……？」

「そうだ。お前の父親は捕獲された翌日に首都の公開処刑台に繋がれ、皆が見守る中で手脚をバラバラに切り刻まれた。そうして最後には泣きながら頭を断ち落とされ――そのまま、魔物の餌になった」

「………………ッ」


十年以上も音沙汰がなかった時点でシレーヌはある程度の覚悟はしていた。

父も兄も、もう既にこの世にはいないのかもしれない、ということを。

だがシャウザの口から出た父の最期は想像以上に凄惨なものだった。

それ以上に、目の前の人物の言葉に滲《にじ》む憎々しげな感情に圧倒され、頭の中から全ての言葉が消え去った。

だがしばらくの逡巡の後、シレーヌは男に話の続きを促した。


「……兄は、どうなったんですか？」

「お前の兄、リゲルも父親と同じく反乱の首謀者として処刑台に立たされた。そして、父親と同じように少しずつ肉を刻まれ、骨を断たれ、無様に命乞いをしながら泣き喚き――ついには逃げ出そうとしたところを処刑人に取り押さえられ、首を斬り落とされて死んだ」

シレーヌは再び、男の容赦のない物言いに言葉を失った。

「奴、リゲルの話はそこで終わりだ。死体は燃やされて骨も残っていない」

「……そう、ですか」

シレーヌは俯きながらしばらく頭の中で男の話を反芻した。

そうして、ようやく家族の顛末と自分の心に折り合いをつける言葉を見つけ出し、絞り出すように言った。

「でも。父も兄も……きっと、信じたことの為に戦って亡くなったんですよね？　それなら、まだ――」

「――違う。お前は何を聞いていた？」

だが、やっと捻り出した願望半分の言葉を目の前の男は即座に否定した。

「……信じたことの為に戦った、だと？　奴らには最初から信念と言えるほどの考えなどなかった──奴らは本当に愚かだったのだ。まともな情報を得ることもなく、適切な準備もなく、ただ、周りに流されただけだった。お前の兄は決して周囲に望まれたような英雄などではない。ただの英雄気取りの愚か者だった。その愚かさ故に多くの同胞を無為に死なせ、全ての獣人の立場を悪化させ、挙句、生き恥を晒すことも厭《いと》わず卑怯にも自分だけ逃げのびようとした。そんな男が一体、何を信じていたというのだ……？」

男が言葉を連ねる度、声に強い感情が宿っていく。

それは向き合うシレーヌが明らかに感じ取れるほどに強烈な『憎悪』だった。

「……いっそあの時、あれらは戦場で同胞と共に死ぬべきだったのだ。その方がずっとずっとマシだった。もし、今からでも俺があいつを殺せるものなら何度でも、何十回でも、何百回でも──何千回だろうとこの手で八つ裂きにしてやるものを」

男はそう言って焦点の定まらない眼で床を睥睨《へいげい》しながら、片方だけの拳を握りしめた。

その憎々しげな声が発される度、握られた拳に強い怒気が籠り、密室の空気を震わせる。

それはむしろ純粋な殺意と呼べるものだった。

感情を向けられている対象が自分でないことを知りながらもシレーヌは身を固くして何も言えずにいたが、しばらくの互いの沈黙ののち、男は小さく息をついて謝罪の言葉を口にした。

「……すまない。やはり、これはお前のような者の前で話すべきことではなかった」

「……いえ。話してくれてありがとうございます」

「だが……いいか。都合の良い幻想は捨てることだ。お前の兄はもういない。そもそも生きていたとして、十数年も放っておくような者が家族の情など持っていると思うか？　あいつが生きていたとしても、決してお前と母を迎えに行くことはなかっただろう。約束などとっくに忘れている」

「……そうとは、限らないじゃないですか」

「……お前に何がわかる？　俺はお前よりずっと奴のことを知っている。あいつは誰よりも臆病で、卑怯者だった。嫌な事からは逃げ、ただ居心地の良い妄想に浸り、現実と向き合うことを避け、そのまま全てから逃げ続けた。挙句、全ての責務を放り出して自己の保身だけを考えた。あれは性根からそういう男なのだ。肉親といえど、お前がわざわざ探し出して会う価値などどこにもない」

再び男の怒気で部屋の壁が軋《きし》み、棚の茶器が高い音を立てて揺れるのを感じつつ、シレーヌは胸元の首飾り《ペンダント》をぎゅっと握り締めた。

そんなシレーヌに男は、身を乗り出すようにして低い声を吐き出した。

「……もう一つ、俺から警告しておく。その首飾り《ペンダント》はすぐにでも捨てることだ。かつては多くの獣人を集わせた族章だが、今や同族にとって嫌悪と侮蔑の象徴でしかない。奴らと血が繋がっているなどと知られただけで多くの者を敵に回し、それどころかただ持っているだけで、あらぬ疑いをかけられ災いが降りかかる呪いの印。もし、お前が半端な情に駆られて処分ができないなどというのなら――――俺がこの場で処分してやろうか？　その方が、お前とお前の母の為にもなるだろう」

シャウザが首飾り《ペンダント》を摑《つか》もうと手を伸ばした所でシレーヌが身を引くと、シャウザも我に返ったように腕を引いた。

「……やめてください」

「……すまない。それはあくまでもお前の所有物だ。警告はしたが、どうするかの判断は委ねる」

「私は絶対に捨てませんから」

「そうか。なら、勝手にするがいい」

強く首飾りを握り締めるシレーヌから顔を背けると、シャウザはまたゆっくりとソファに座った。

「まだ何か聞きたいことはあるのか。悪いが、お前にこれ以上話せることはない」

「……いえ。もう大丈夫です。お話、ありがとうございました」

シレーヌは俯いたまま首飾りを手で隠すように握り、椅子から立ち上がると男に向かって小さく頭を下げた。

そうして振り返ることなく部屋の扉を開けて出て行った。

華奢な背中が扉の向こうに見えなくなると部屋に一人残った男は再び、床に吐き捨てるように言った。

「――――そうだ。お前の兄リゲルは最低の臆病者で、卑怯者だ。そしてもう、どこにも存在しない。なのに今更、こんな記憶を掘り返して何がしたい……？」

自分自身への苛立ちともつかないその呟きは密会用の部屋に静かに響いた後、そのまま誰の耳にも届かずに消えた。

153 【星穿ち】のリゲル 1

「母様。シレーヌはもう寝た？」

「ええ、やっと寝たわ。物音を立てるとすぐ起きちゃうから静かにね」

「……はぁい」


リゲルには歳の離れた妹がいた。

リゲルからすると十二歳年下の妹、シレーヌ。


リゲルとシレーヌは『ミオ族』という全員で数百名しかいない獣人の少数民族を率いる族長の子供として生まれた。彼らは昔からとても険しい山の上にある、僅かな大きさの森の中に器用に建物を建てて集落《むら》を作り住んでいた。

その土地は身体能力に優れた他の獣人たちですら簡単には立ち入れない、知る者の限られた辺境の地であり、時折、若い者が傭兵のようなことをして出稼ぎに行く以外には外部との交流も起こらなかった。
その為、集落の住人たちはその地で獲れるものだけで日々の生活をするしかなかったが、彼らが得意とする弓さえ上手く扱えればいつも十分な量の獲物を確保することができ、生活には全く不自由しなかった。

生まれたばかりのリゲルの妹、シレーヌも十分な栄養のおかげで丸々と健康的に育ち、広い家の中に用意された赤ん坊用の寝床の中で静かに寝息を立てていたが、リゲルはそんな幼い妹の気持ちの良さそうな寝顔をしばらく眺めた後、遠慮がちに母親の顔を覗き込んで言った。

「ねえ、母様。また俺に弓を教えてよ。忙しいなら家事、手伝うからさ」

上目遣いでそんなお願いをする息子にリゲルの母は笑いながら小さなため息をつく。

「何言ってるの。リゲルにはもう私から教えることなんてないでしょう？　何を教えてもすぐ覚えて、私より上手くなっちゃうんだもの」
「え～……。でも、風を読むのは母様の方がずっと上手いじゃん」
「……そうね。本当にそれぐらい。私が貴方に教えられることなんて」

諦めようとしないリゲルに母は困ったように笑った。


リゲルの母はかつて『ミオ族』の集落を外敵から護る、最も優れた狩人の一人だった。

十二年前に三つ年上の若き族長と結婚し、すぐに第一子リゲルを出産。

それを機に集落の衛士からは引退して若い戦士を育てる教導職となった。

温和で力強く皆の尊敬を集める族長を父に持ち、類稀《たぐいまれ》な弓の腕を持つ戦士が母ということもあって、二人の息子リゲルには生まれた時から大きな期待が寄せられた。

多くの者が期待した通り、リゲルは並外れて早熟だった。

生まれて半年もすると自分の足で集落の中を歩き回るようになり、一歳になる頃には当たり前のように森を駆け、年齢が三つを数える頃には大人の男と腕で押し合い、押し勝った。

その後、周囲の勧めもありすぐに弓を得意とする母に技術を教わり始め、五歳になる頃には鉄の鎧すら射抜く戦士用の強弓を指一本で引いて見せ、周囲の大人を驚かせた。

幼い頃からリゲルは弓と共にあった。

山岳部族『ミオ族』の昔からの慣わしで戦士の家に子が生まれた時には「この子もこの弓が引けるぐらい強く勇ましく育つように」という願いを込め、大人でも引けない程に固く弦が張られた弓を贈る。

普通、成人でも引くのは不可能な儀礼的な弓だったがリゲルは七歳の時にその弓を易々《やすやす》と引き、矢を岩山に掲げられた的に放った。

すると引くことを前提としない異常な力で張られた弦から放たれた矢は、正確に巨大な岩ごと板の中央を貫き、背後に立ち並んだ樹木の幹を数本、打ち砕いた。

そんな数々の異常な逸話を作りながら成長していったリゲルは十歳になる頃には皆に一人前の戦士と認められていた。

大人たちに交じって子供が厳しい訓練に参加することは異例であったが、リゲルについては誰も異論を挟もうとはしなかった。

リゲルは既に周囲の成人した戦士たちと比べても弓を操る技術で並ぶ者はなく、またその弓から放つ矢の強さと言えば比較にもならなかった。

武芸に秀でることを誇りとする一族の戦士たちの中には木製の矢で容易《たやす》く鋼板を貫く者も珍しくはなかったが、リゲルの矢は十枚重ねた鋼板を貫いても全く勢いを落とさず、そのまま練武場の厚い壁を貫き、遥か集落外の深い森に立つ大樹を破裂させた程だった。

幼いリゲルの数々の異様な逸話はあらゆる人の語り種《ぐさ》となり、出稼ぎの傭兵を通して広大な砂漠の向こうにまで届いたが、誰もがそれが未だ十にも満たぬ少年の成したことのはずはない、と一笑に付して信じようとはしなかった。

状況に変化が訪れたのはリゲルが十二歳となり、ちょうど歳の離れた妹が生まれた年だった。

その頃、夜空に奇妙な流れ星が現れるようになった。

夕刻から夜中にかけて数秒から十数秒に一回、暗い空に細く輝く軌跡が連続して走る。

その流星は広大な砂漠の至る所で目撃され、普段の空をよく知る者は皆、珍しいこともあるものだと首を傾げた。

とはいえ、流れ星がまとまった数で流れる程度なら時折あることであり、当初、殆どの者が気にはしなかった。

だが、その奇妙な流れ星は翌日にも現れ、数日経っても止まず、それから毎夜ずっと続くようになった。

そこまでくると誰もがおかしいと考えた。

そもそも流れ星の流れ方が異様だった。

普通、流れ星とは天から地へと降りるものだと皆が知っている。

だが、その星の軌跡はまるで地上から空へと昇っていくように見え、ある程度上昇したところで燃え尽きるように消えた。

下から上へと逆に流れる不気味な火の星をある者は凶兆と受け取り不安がったが、他の者は何かいいことがある兆しに違いない、と気楽に構え、真夜中まで続くその不思議な光の軌跡を愉しんだ。

だが結局、その怪現象は何日経っても止む気配がないどころか、日に日にその数が増えていく。

次第に不安に思った者たちが騒ぎ出し、手の空いた若者たちが戦用の弓を取り、不審な『流れ星』の正体をその目で突き止めることにした。

もしかしたら自分たちに危険を及ぼす何かの異変が起こっているのかもしれない、と危惧してのことだった。


そうして複数の集落から優れた狩人が集められ、夜になると皆で奇妙な流れ星を追った。

幼少期から狩りに親しみ、優れた追跡技術を持つ彼らは数日も旅をすると、すぐにとある山に行き着いた。

どうやら、流れ星はその山から生まれているらしかった。

そうして彼らはすぐさまその険しい山を登り、ひたすらに夜空に昇っては消えていく不思議な光の軌跡を辿って進んでいくと、やがて山中の開けた場所に行き着いた。

それは『ミオ族』という僻地の集落の近くにある湖の畔だったが、彼らはそこで一人の少年がぽつんと立っているのを見つけた。

すぐさま、彼らはその少年に「この辺りで奇妙な流れ星を見なかったか」と、問いかけた。

だが少年は即座に否定した。

そんなものは見ていない。

何かの見間違いではないか、と首を傾げて言う。

星を追ってきた者たちはまずその少年を怪しんだ。

そして「お前が何も見ていないはずはない。確かにここから奇妙な星が昇っていったはずだ」と問い詰めるように言った。

すると少年は困ったように首を傾げ、ふと思いついたように持っていた弓に手製らしき粗末な矢を番《つが》えると、弦をいっぱいに引いて真上にその矢を放った。

瞬間、彼らの頭上に輝く星の軌跡が生まれた。

その光は夜の闇に吸い込まれていき、しばらくすると遥か上空で音もなく消えた。

口を開けて空を見上げたままの大人たちに、少年はもしかしてあなたたちの言う『流れ星』とはこれのことか、と先ほどと変わらぬ落ち着いた様子で問いかけた。

星を追ってきた者たちはただ頷くしかなかった。

自分たちの目の前で年端も行かぬ少年が手に持つ弓から放ったもの。

それこそが彼らが追っていた奇妙な『流れ星』に他ならなかった。

結局、彼らが流れ星だと思って見ていたのは少年の放った練習用の木製の矢だった。

大人たちは戸惑い、なぜ少年がそんなことをしていたのかと聞いた。

少年は真面目な顔で「真横に矢を打つと意図しないものを撃ち抜いてしまい皆に迷惑をかけてしまう」ため、「仕方なく何もない空に放って練習していた」と言った。そうすると「空で砕けた矢が空気との摩擦で綺麗に燃えて消え、どこにも迷惑がかからなくて良いと思った」、と。


流れ星を追って来た者たちは正直なところ、少年の話の意味が半分もわからなかった。


……空に矢を射てば勝手に空中で燃え尽きる?

それに、水平に矢を討つと意図しないものを射抜いてしまう、とは?

彼らは優れた弓の使い手を知っているが、そんな矢を放つ者など聞いたこともない。


だが、だんだんと理解が追いつくと彼らは興奮し始めた。

そして少年に名を聞くと、あの噂話で伝わった『リゲル』だということを知り、あの作り話めいた逸話は本当だったのか、と口々に少年に問い質《ただ》した。

リゲルは戸惑いながらも彼らに伝わる逸話の大体は事実だと認め、自分が周りを騒がせてしまったことを謝った。そして、これ以外にもう自分が弓を練習する方法は残っていないのだ、とだんだん涙目になって彼らに赦しを請うようになった。

悪いことしているのを見つかって叱られているようなその年相応の少年の表情と、たった今少年が成し遂げたことの間には大きな差があった。

そして彼らはその場で話し合うと結論を出し、少年に別れを告げてその場を去った。


翌朝、正体不明の流れ星を追った者たちはそれぞれが自分たちの集落に戻り、自分がその目で見たことをそのまま報告した。

『流れ星』というのは誤解で、あれは単に一人の少年が放ったただの練習用の木製の矢であった。

信じがたいことかもしれないが『ミオ族』にはそんな光景を作り出す年端もいかない少年がいる、と。

最初は半信半疑だった長老たちも、口を揃えて断言する若い戦士たちの真剣な眼差しに、真実味を感じずにはいられなかった。

若い戦士たちは満面の笑みを浮かべ、口々に言った。

疑うのなら自分の目で確かめればいい。

あの少年は確かにそこにいたのだから、と。

それからというもの『ミオ族』の少年リゲルの噂は砂漠の端にまで広まり、やがて遠くの集落からも、その信じがたい弓の技を一目見てやろうと多くの人が彼の元を訪れるようになった。

その中には各地で名の知れた弓の達人もいた。

弓という道具と何十年と付き合ってきた彼らは、自らの目で見るまでは決してその逸話を信じようとはしなかった。

空に放った矢が燃え尽きるなど、彼らが長い時間をかけた鍛錬の経験上、そして実際に存在した言い伝えの英雄たちの逸話からもあり得ないことだった。

だが老いた達人たちは実際にリゲルの矢を目にすると、誰もがその光景に呆れ果て、一斉に口を閉じ、そして老人同士で目を見合わせると腹を抱えて大笑いし、すぐに自分たちの集落に帰って口々に称賛した。

あそこには地上から天に流れ星を放つ少年がいる。

それはきっと我々にとって将来、大きな希望となることだろう。

信じ難《がた》い噂話はやがて真実となり、獣人たちの間で共有される神話となっていった。

だがリゲルはそんなことは我関せず、ただ自分の弓の練習に夢中だった。

昨日はできなかったことが今日できるようになるのが嬉しくて、ただただいつものように練習を繰り返していた。

そんなリゲルの弓は日に日に冴えていった。

皆が期待をして見上げる中で砂漠の夜空に流れる星の数は増えていき、輝く軌跡はより速く遠くにまで伸びるようになった。

無数の星がどこからか生まれ、真っ直ぐ空に昇ってはただ消えていく光景は幻想的で、特に他の娯楽を持たなかった人々は夜になると何もせずただ空を見上げることが多くなった。

空に昇る星はその地に生きる獣人たちの日常となっていった。


だがとある日、また別の異変が起きた。

夜空に真っ直ぐな軌跡を描いていた『流れ星』が突然弾《はじ》け、とても明るく輝いたのだ。

またおかしなことが起きた、と人々は首を傾げたが、今度はそれほど驚きはしなかった。

きっとまたリゲルが何かやったのだろう、と。

人々はその奇妙な光が夜空に灯るのを見上げながら冗談半分に「ついにリゲルの矢が星を落としたのだ」と笑った。


実際のところ、それはリゲルの矢の速さがついに限度を超え、空気との摩擦で爆発するように燃え尽きるようになってしまったが故に起きた光だったが、何も知らない者の目にはまるで「リゲルが星を撃ち抜いた」と見えた。

無論、大人たちは本心からそう言ったわけではなかったが、子供たちの耳にはその童話めいた話の方が真実味を帯びて響いた。

リゲルの放った矢が天に浮かぶ星々を射抜き、星が次々に弾けては暗い夜を照らしているのだ、と。

大人たちにとっても、そう説明された方がずっと納得のいく光景だった。


それからというもの、砂漠の夜は以前より少し明るいものになった。

毎夜、一瞬だけ明るくなる空を見上げて大人たちが「また星撃ちが始まった」などと笑い、子供たちもその星撃ちに追いつこうと必死に夜空に向かって矢を放つ。

リゲルの名は誰かが言い出した「【星穿ち《ほしうがち》】」という二つ名《あだな》と共に、皆の中で大きくなっていった。

昔から狩人として弓の技を誇りとする者であった彼らは、ただの木の矢が夜空を照らすという冗談のような光景に勇気づけられ、いつしか自分たちの未来にもおぼろげな希望を抱くようになった。

自分たちと遠くで血の繋がった一族にあんな子供がいるのなら、きっと自分たちの未来も明るいに違いない、と。

リゲルは知らず知らずのうちに、そんな幻想《ゆめ》を皆に見せるまでの存在となっていった。

リゲルが夜空に星を輝かせるようになってしばらくすると、リゲルは族長の父と共に複数の集落の代表が集まる重要な会議の場に呼ばれることになった。

その頃、まだ獣人たちは『国』とも言えるような共同体を持っていた。砂漠のあちこちに存在する小規模な集落同士の連携で構成される緩やかな絆《つながり》を持つ組織であったが、争いごとがあれば互いに納得がいくまで話し合って決める、という程度の調停機能は持っていた。

古くからの縁《えにし》を持つ集団で、昔からの遠い親戚のようなものだ、と父親に説明されながらリゲルは古い木造の建物の入り口をくぐった。

リゲルは集会場の奥に通されると、中央に大きな弓があるのを目にして思わず立ち止まった。

それはかつて英雄が打ち破った『神獣』の殻を削って作られたという弓であり、何十世代も前から伝えられて大事にされてきた獣人たちにとって特別な弓だった。だが、はるか昔に作られてから一度も引けた者はおらず、いつからか『引けずの神弓』と呼ばれるようになったという。

そんな父親の説明が少しも耳に入らないぐらい、リゲルはひと目でその弓に心を奪われた。

その弓はリゲルが今まで目にしたどんなものよりも美しかった。

弓の本体は硝子《ガラス》のように透き通る灰色で、見たこともない材質だったが僅かに奥から光を放っているように見え、繊細ではあるが弦は見るからに硬質な金と銀の鋼糸《ワイヤー》で張られており、それは角度によって様々な色に輝いた。

リゲルは一瞬でその弓に見惚れてしまい、そこから一歩も動けなくなった。

しばらく立ち尽くしていると、様子を見ていた最古老がリゲルに近づいてこう言った。

「興味があるなら皆の前でそれを引いてみよ。引けたら、それを自由に使わせてやろう」と。

リゲルはその申し出を、二つ返事で引き受けた。

手に取る前に普段は「無理に引くと指を落とす」と触れることすら禁じられていると説明されたが、意に介さなかった。

見たこともない美しい弓に触れられるだけで嬉しく思った。

そうしてリゲルは最古老に言われるまま皆の前に立つとその透き通る弓を構え、弦を引いた。

すると奇妙な光沢を放つ金属製の弦は容易くリゲルの腕に引かれ、リゲルはそのまま姿勢を維持して立って見せた。

その光景に各地から集った古老たちは皆驚き、物は試しとそこにある一番硬い聖銀《ミスリル》製の矢をつがえて外に放たせた瞬間、矢はあっという間に弦に圧《お》し負けて砕け散り、弾けた矢の破片が巨大な集会場の半分と一緒に散り、辺り一帯の地面を吹き飛ばした。

それは一本の矢が起こした出来事と云うには、余りにも理不尽な光景だった。


それからすぐに全ての部族の長老を交えての長い協議が行われた。

その結果、満場一致で『引けずの神弓』は『ミオ族のリゲル』に預けられることになった。

リゲルの父の人柄はすでに多くの長老たちに信用されており、リゲルもまた信用されていた。

リゲルと交流を持ったあらゆる弓の達人たちがあの少年ならば問題ない、と推薦し、ある者はあの神弓を持つのに相応しいのはあの少年しかいない、と意気込んだ。


そうしてリゲルは妹が生まれた翌年、たった十三歳にして十八部族の伝説の品『引けずの神弓』をその手に携えるようになった。

自身の有り余る膂力《りょりょく》に見合う強靭な弓を手にしたリゲルの矢は、ついに易々と遠くの山を貫き、雨期に空に浮かぶ分厚い積乱雲を散らし、またある時は襲い来る巨大な砂嵐を真正面から破裂させるにまでなった。

以前まで使っていた練習用の木矢では最早《もはや》弦に対する強度が足りず、代わりに練習用に金属製の矢を用いるようになったが、それでも力加減を少し誤ると矢は弦に負けて爆散し、広大な夜空を覆わんばかりの流星群を作って砂漠の夜を真昼のように輝かせた。

その光景はリゲルを知っている者ですら、一人の少年と一対の弓と矢が起こしている出来事とはとても思えず、どこかの神が気まぐれに起こしている奇跡としか思えなかった。

そうして王を頂かない共同体に皆が共有する『神話』が誕生した。

リゲルはその後も弓を通じて獣人たちの様々な共同体と交わり、変わらず慕われていった。

そして『引けずの神弓』を手にしてから僅か二年後――――妹のシレーヌが三歳となりやっと言葉らしい言葉を覚え始めた頃には、古老らの予言通り、獣人たちの誰もが十五歳のリゲルを大きな希望と見なすようになっていた。

154 【星穿ち】のリゲル 2

かつて獣人たちは自由に平原を駆け回る者たちであり、広大な砂漠を取り囲む水の流れる豊かな土地を見守る『森の民』であった。

彼らの生活は長い間変わらなかった。

毎年、決まった場所で決まった量の狩りをし、祭りで土地の精霊に感謝の祈りを捧げ、実りを蓄えてまた次の年に備える。厳しい自然と日々対峙する生活ではあったが、獲物を獲《と》る技術さえ身につければ何不自由なく暮らすことができた。

それは良く言えば平穏で争いごとが少ない社会であり、悪く言えば変化に乏しい閉鎖的な世界だった。

その閉じた世界に変化が訪れたのは、外から人が頻繁に出入りするようになってからだった。

いつからか遠方から土地を渡り歩く商人たちが訪れるようになり、彼らは聞いたこともない薬や、物珍しい装飾品を獣人たちの集落に持ち込んだ。

外の世界との交流が乏しかった獣人たちはすぐに彼らに興味を示した。

最初は考え方の違いもあり小さな衝突も起こしたが、すぐに和解し、彼らは互いに利益を共有する仲となった。


当時、獣人たちはその土地を支配する『強き者』であった。

厳しい自然に磨かれた優れた肉体を持ち、どんなに硬い魔物でも仕留める強力な弓を操り、彼らの庭である豊かな森で気ままに獲物を取って生活をする。

十分な獲物が取れた時、困窮した者に気前よく施すことが彼らの誇りであった。


一方、商人たちは守られるべき『弱き者』だった。

獣人たちからすると、彼らは森のことを何も知らず、放っておけばいつでも道に迷ってしまう無防備で知恵の乏しい者たち。

商人たちは獣人たちの領域のどこかを旅する時、必ず土地の古老に教えを請い、或いは若い獣人たちを案内人として雇い、謝礼として外の地の珍しい品物を贈った。

彼らはそれぞれ考え方の違う存在だったが、そうやって互いの領域を侵すことなく利益を分け合うことのできる良き隣人として共存した。


そんな関係に変化が訪れ始めたのはとある旱魃《かんばつ》の年だった。

その年は天候が荒れ、雨も降らず、獲物も作物もろくに取れなかった。

ある獣人たちの集落の周辺では一滴も雨が降らず、頼りにしていた水源が枯れ果て、困り果てた獣人たちは古老の教えにより『水が豊かに湧き出す地』に一時的に移動することにした。

その土地では旱魃は稀にだがあることだった。

だから、その集落には代々一部の古老のみが知る特別な土地があった。

そこは頻繁に洪水が起きて長く住むには適さないが、このように乾いた年には水の恩恵にあずかれる、決して水が枯れない土地となる。

彼らは古老の導きに従い数十年ぶりにその地を訪れた。

だが、移動した先で見慣れぬものを目にすることになった。

そこには、古老たちにとって全く見覚えのない家々が数十軒と立ち並んでいた。


それは獣人たちの家ではなく、商人たちの家だった。

老人たちは商人の家の一軒を訪ね、どうしてこんなところに住んでいるのかと尋ねた。

家から出てきた者は言った。

この地は開拓により自分たちの所有地となった。

もう随分前から住んでいるし、今更立ち退《の》けと言われても困る、とその土地の「権利書」を古老に見せつけた。

獣人たちはそんな紙切れが何の証明になるのかと疑問に思ったが、皆で話し合った結果、彼らを放っておくことにした。

先祖代々使ってきた大事な水場が使えないのは残念に思うが、天から与えられた恩恵は本来、自分たちだけで独占するべきものではない。

きっと『弱き者』である彼らは生きるのに困ってこのような住みにくい場所にしがみついているのだろうから、他で生きる知恵のある自分たちが我慢して他の場所に移れば良いだけだ、と。

広い大地には限りがない。

少し移動すればきっと他の水場はあることだろう。

温厚な獣人たちは何も抗議することもなく、笑顔で商人たちに手を振ってその場を譲り、その年は別の場所で何事もなく快適に過ごした。

その翌々年も、大きな旱魃が起きた。

またも彼らは水が豊富にある土地に移動することになったが、同じ場所を訪れると商人たちの家が驚くほどに増えていた。

一昨年使っていた水場にも頑丈な柵が設けられ、簡単には立ち入れそうもない。


獣人の古老はそこに住む者と話し合うことにした。

新たにこの土地を訪れたお前たちは知らないかもしれないが、ここは先祖代々、皆で譲り合って使っていた場所だった。

だから、そこをどけとまでは言わないから、我々にも一部でいいから水場を使わせてくれ、と。

だが商人たちは言った。

急にそんなことを言われても困る。

こちらには正当な土地の権利書があるし、水の利用権もきちんと買い取って適正に使っているのだから、とさまざまな紙束を古老の前に出してみせた。

そして「そちらには何の証明があるのか」と問われると獣人たちは「何もない」と言う他なかった。そこは古くから皆で利用してきた場所であり、元々、そんなものは必要なかった、と。

もちろん金も持っていない、と言うと、それならここの水は譲れない、と商人たちは首を振り、獣人たちは渋々その場を後にした。


古老は憤る若者たちを慰めた。

もし、商人たちと力で争えば当然、我々が勝つだろう。

だが『弱き者』である彼ら相手にそんなことをすれば、先祖の霊が我々を恥じ、多くの誇りが失われることになるだろう、と。

あくまでも自分たちは知恵ある『強き者』であり、貧しき者に施すのは当たり前のことだから、我々が譲れば良い話だ、と不満を持った若者たちを諭しつつ、その年、彼らはその場を後にした。

そしてすぐに水場を見つけ出し、快適に過ごした。


また十年後、同じことがあった。

酷い旱魃の後、獣人たちは古老に連れられ以前のように水の豊富な土地に移動したが、そこには目を疑うものがあった。

水があったはずの場所には見上げんばかりの高い石の壁が築かれており、硬そうな金属製の門の前に武装した門番が待ち構えている。

壁の前で狼狽《うろた》える獣人たちを目にした商人たちは、彼らに近づくと武器を携えて取り囲み、こう言った。

「許可証は」と。

獣人たちがそんなものはない、と言うと次は「通行料を出せ」と言った。

昔はそんなものは必要なかったはずだ、と言うと、昔はそうだったかもしれないが、今は法でそう定められている。

法に背けば、罪人として牢に繋がれることになる、と言って壁を抜ける為の料金表を差し出した。

長旅で疲れた獣人たちは渋々、皆の分の金を払い石の壁を通り抜けた。

だが、そこにあったのはただの枯れた水源だった。

あの溢《あふ》れんばかりの水はどこにいったのだ、と古老が狼狽えながら聞くと、そんなもの、とっくに売りに出されたと言われた。

とても良い質の水であったので、それに見合う価値をつけて買う者のところに行ったのだ、と。

今後は、それを取ろうとするものは同じだけの『適正価格』で買う必要がある、と。

獣人たちはその決まり事、彼らの言うところの『法』に従って高くて濁った水を買ったが、金がなくなった途端にその土地から追い出され、他に行くべき場所も見つけられず、すごすごと自分たちが住んでいた元の乾いた土地へと戻った。

そうして、彼らはやっと気がついた。

今や、獣人《じぶん》たちが自由に立ち入ることのできる土地が数えるほどに減っていることに。

その頃までに流れ者だった商人たちは誰のものでもなかった土地を細分化し、権利を割り当てて新たに土地を訪れる商人たちに販売していた。

彼らはあらゆる土地を売り、それを元手に富を増殖させ、何もなかった土地を開拓し、更に大きな土地を持つようになっていった。


獣人達は自分たちの与《あずか》り知らぬところで起きていた変化に憤慨した。

どの土地も、先祖代々、皆で助け合いながら使うものだった。

水も空も大地も先祖の霊と精霊から皆に分け与えられたものであり、誰のものでもなかったはずだと主張した。

だが、商人たちは顔色ひとつ変えず「ここに権利書がある」と言うだけだった。

これは多くの者に認められている正当なものだが、そちらには何があるのか、と。

何も持たない獣人たちは争いごとを避け、土地を明け渡して別の土地へと移り住むことになった。

だが、まだ他の場所があるとはもう言えなくなっていた。


商人たちに不満を覚える者は急速に増えた。

中には不当に奪われたものは奪い返すべきだと主張する者もいた。

彼らは闘えば当然、獣人の方が強いと思っていたが、多くの獣人たちはその力を商人たち相手に振るおうとはしなかった。

怒りに任せ暴力を振るうことは彼らにとって最も恥ずべき行為であり、人が人を傷つけることは最も忌むべきことだった。

だから、多少生活が苦しくなろうとも耐え、誇りと尊厳を維持しながら地道に話し合う道を選ぶことにした。


だが実際のところ、彼らにはそれほど時間は残されていなかった。

先祖代々護ってきた土地でもう水も飲めなくなり、新たな土地で獲物も取れず、残された土地も森を切り開かれ荒れていく。

かつては何不自由なかった集落で、ついに衰弱して死んでいく赤子が出始めた。

不満と緊張は高まり続け、ついに若い獣人たちが古老の反対を押し切り、弓を片手に徒党を組んで商人たちの街に向かった。


いつも自分たちの声に聞く耳を持たない商人たちも、自分たちの『力』を示しながらであれば、話ぐらいは聞くだろう、と。

だが、妻子を飢えと渇きから守る為に始まった若い獣人たちの抗議はすぐに終わった。

商人達は土地を奪った自分たちに対して獣人たちが大きな不満を持っていることを十分に理解し

ており、その来るべき時期を予見してきちんと『備え』をしておいた。

その日、商人たちはとても冷静だった。

若い獣人達はいざとなれば何日でも居座り、話し合いを拒めば力で吊し上げようと思っていたが、突然、見たこともない巨大な人形に包囲されて驚いた。

獣人たちはその時、まだ存在を知らなかったが、それは『忘却の迷宮』から商人たちが発掘した『ゴーレム』と呼ばれる石の機械人形だった。魔石を食わせさえすれば壊れるまで命令通りに動き続ける、疲れを知らぬ殺戮兵器。

力と力で競えば決して負けることはないと思っていた獣人たちは、巨大なゴーレムの腕に振り解《ほど》けない力で押さえつけられ、戸惑った。

勝てると思っていた力でも決して勝てないと悟り、誇りを捨てて謝り出す者もいたが、商人たちはそんな獣人たちの様子を冷ややかに眺めながら落ちついてゴーレム達に命令を与え、彼らをあっという間に血と肉の塊に変えた。

――それまで獣人たちは大きく勘違いをしていた。

自分たちは彼らよりずっと強く賢く、逞しい者だったのだと。

対して彼らは知恵がない弱き者であり、庇護を必要とする者たちである、と。

だが、実際は逆だった。

彼らは単に弱い者のふりをしていただけであり、みくびられることを良しとして、見えないところでじっと力を蓄え続けてきた。

知恵を持ち、道理を弁《わきま》えているつもりだった獣人たちはむしろ、知性が弱く、毟《むし》れるだけ毟って もまだ自分たちが強い気でいる騙しやすく愚かな者たちと見下されていた。

そんな『弱者』が相手なら、いずれ簡単に全ての資産を剝ぎ取ってやれるに違いない、と。時間をかけ、地道に準備を整えていけば、優れた身体能力を持つ彼らごと、というのも決して不可能な話ではないだろう、と。

そうして、ようやく商人たちにとっての『準備』が整った。


獣人たちの『襲撃』があった翌日、商人たちは言った。

相互理解の努力も虚しく、残念ながら獣人たちは我々無辜《むこ》の住民に牙を剝《む》いた。

よって良き隣人として共存してきた時代はもう過去のものとなる。

定められた法を守らず、理不尽な暴力に訴える危険な種族に対しては今後、然るべき自衛の手段を講じ、決して容赦することはない、と。手始めに『襲撃者』の村を数百体のゴーレムと共に訪れ、そこにあるもの全てを焼き払った。

商人たちに抗議した獣人たちの集落は、そこに棲む者と共に一夜にして灰になった。例外として泣きながら許しを請い生き残った者もいたが、故郷を失った彼らに残ったのは罪なき商人に危害を加えた汚名と、賠償という名の返せない額の借金だけであり、結局、彼らは一人残らず奴隷として身を落とすことになった。

争いの一部始終を傍《そば》で見守っていた他の集落の者は憤慨した。

だが、忍耐強い彼らは湧き上がった怒りを抑え、腹の中に呑み込んだ。

商人たちの行ったことは許し難いことだが、彼らに手を出した集落の者にも非はある。

彼らは力に訴えようとして道を大きく誤ったのだ。

我らも同じ道を行けばより多くの犠牲を出すことになるだろう、と。

古老は古《いにしえ》の時代より伝わる教訓話を幾つも持ち出し、若い獣人に決して短絡を起こさぬよう自制を呼びかけた。

そうして、先祖が伝えた苦難を耐え忍ぶ知恵により、その後も獣人たちの共同体は商人たちの『善き隣人』の立場に留まることを許された。

だが、その代償として自らの手で糧を得る為に必要だった川や湖などの大部分が商人たちが書き上げた『権利書』で取り上げられ、新たに定められた『法』により目の前に広がる森を訪れることすらできなくなった。

結局、生活に使える領域が小さくなるに従って、彼らの生活は日に日に貧しくなっていった。

商人たちとの交易はこれまでと変わらず続けられたが、弱き者を助ける風習を持たぬ彼らは立場の弱くなった者に更に強く出るようになり、困窮した相手から容赦無く利益を搾り取った。

交渉の後、獣人たちの手元に有益なものが残ることは稀だった。


今や、獣人たちの社会にとっても、どこでも生きていくには必ず金が必要になっていた。

だが食うにも困り、満足に教育も受けられない獣人たちの中で商才を得る者は稀だった。

子供が飢え、知恵を蓄えた老人が病にかかり亡くなることが多くなり、古来の知恵を子孫に伝える機会も失われていった。

そうして、かつて広大な地域を管理した彼ら『森の民』は砂漠の隅に追いやられていき、年々立場が弱くなり、たった一、二世代の間にただ弓が得意なことだけが誇りの僻地に住む少数民族に成り下がっていった。


一方、商人たちの数は獣人たちの数が減るよりも速く増えていった。

彼らの生活は急速に豊かになり、若い獣人たちは商人たちに連れられている奴隷を見て「奴隷の方がまだ良い生活をしている」と羨むようになり、故郷の集落を出て街に向かったが、そのような知識に乏しいはぐれ者はいつも騙され、最後には借金奴隷に落ちることが常だった。

しばらくすると、商人たちの築いた街で『奴隷』として扱われる獣人たちを見かけることは珍しくなくなった。

そうして街中で獣人たちは奴隷として扱われるのが日常《あたりまえ》になっていったが、一部の獣人たちはその事実を肯定的に受け入れ、いつしか『誇り』とすら思うようになった。

――確かに自由のない奴隷となれば苦しいこともあるが、働きさえすれば十分な食事と住処《すみか》は与えられる。

ならば、その中でより良い暮らしを求めればいい。

どうせ故郷にいてもろくに獲物は取れず、金にもならない。

奴隷の子は親の借金を引き継いで奴隷として生まれるが、自分たちは貧しい故郷に残った彼らより、きっといい暮らしをしているに違いない。

厳しい環境にも耐えられ、並外れて順応力の高い獣人《じぶん》たちは奴隷として市場でも非常に高く評価されている。

それはむしろ、誇りとしても良いことなのだ。

だから、自分たちは決して不幸ではない。

商人たちが使う言葉に浸されながら、そう、信じきる者も少なくなかった。

それは多くの場合事実ではなかったが、奴隷に落ちた獣人たちが自分たちを慰めるのには都合のいい『真実《うそ》』であり、彼らを支配する商人たちにとっても利用価値のある、積極的に広めるべき優れた物語《神話》だった。

そうして獣人たちは商人たちの間で従順で力も強く、なかなか死なない頑強な奴隷、という非常に付加価値の高い商品として取引されるようになっていった。

◇◇◇

僅かに残った自立する集落の中に『【星穿ち】のリゲル』が現れたのはそんな時だった。

自分たちが砂漠の隅に追いやられた過程を知る古老たちは皆、待ち望んでいた者が現れたと感じた。ついに耐え難い理不尽を繰り返してきた商人たちに『怒り』を示す者が現れたのだ、と。

それも伝説の英雄の再来どころか神話にすら登場しなかったような異常な膂力を持つ少年が。

中には「今こそ、あのあくどい商人どもに鉄槌を」と昏《くら》い衝動を包み隠さず口にする者もいたが、皆がそれすら決して不可能な話ではないと考えた。

あらゆる矢を弾く堅いゴーレムの装甲も、夜空に輝く流星群を作るリゲルなら簡単に撃ち抜いてしまうだろうから、と。


だが、当のリゲルはそんなことを考えもしていなかった。

自分が夜空に矢を射っていたのは単に弓の練習のためであったし、自分が『神弓』を手に取ったのも、ただ美しい弓に触れてみたいというだけの軽い気持ちだった。

武器とするにはこの力はあまりにも大きすぎるし、人に向けるなんてとんでもない、と。

きっと、自分がこの弓を誰かに向けることになったらいずれ大きな不幸を呼び寄せるに違いないから、と迫る大人たちに頑として首を振った。


リゲル本人を説得できないと知った彼らは、次はリゲルの父に迫った。

だが、リゲルの父も慎重だった。

仮に商人たちを相手に戦って、勝てばきっと得るものはある。

大きな犠牲を払いながらも、かつて失った土地も誇りも取り戻せるかもしれない。

だが、負ければそれ以上に大きなものを失うことは自明だった。

獣人たち《自分たち》が今、どのような立場に置かれているのかは少し考えれば誰でもわかる。

長い時間をかけて富を蓄えた商人たちと比べ、今や獣人たちは明らかな困窮者であり弱者だった。

多くの者が明日食う物にも困り、心の余裕すら失い始めている。

この状況でどちらかが倒れるまで戦うことになれば、どちらが先に破滅するかは明らかだった。

だが一旦、商人たちに弓を向ければもう後には引けなくなる。

だから、気持ちはわかるが慎重に考えなければならず、無謀に同意はできない、と。そう言ってリゲルの父親も皆の求めに頑なに首を振り、息子のリゲルを戦に出すことを拒んだ。


そうして、期待を寄せた者たちは彼らが自分たちの期待に応えないことを知ると、次第に怨嗟《えんさ》に満ちた声を投げつけるようになった。


――ならば、何故あの『神弓』を手に取ったのだ、と。

それだけの力を得ても、何もしないつもりなのか、と。

やがて若い獣人たちすら【星穿ち】のリゲルを見かけると『あれはただの臆病者だった。我らの英雄ではない』と、背中越しに吐き捨てるようになった。


リゲルは自分が険しい言葉を浴びせられる理由を理解していた。

街に出るたび、奴隷となり自由を失った同胞を目にすることが多くなった。

彼らは理由があってああなった者もいるが、理不尽な理由でなすすべなくあの状況に陥った者もいるという。

奴隷たちは皆、いつも冷たい首輪に鎖を繋がれ、主人に殴られても笑顔で飼い犬のように地面に這いつくばって機嫌を取る。

何もせずにいればそれが自分たちの明日の姿かもしれない、という恐怖。

そうなる前に何か手を打たなければ、という焦り。

そして、もしかしたら今から行動しても既に遅いのではないか、という絶望に近い不安。

きっと、それらの全てが彼らをあさせている。

その心情はリゲルにもよく理解できていた。

にもかかわらず、リゲルは自分が愛した弓が、人殺しの道具になるのはどうしても納得がいかなかった。

でもある日、父と一緒に商人の街を訪れた時、売られていく幼い少女に妹の姿が重なった。


そうして結局、リゲルは弓を取ることにした。

リゲルは決意した翌日、族長である父に告げた。

獣人《じぶん》たちが今までいいようにされてきたのはきっと、何も抵抗をしてこなかったからなのだ、と。

今や、彼らは自分たちを恐れも敬いもしなくなった。

顔に泥を塗られても平気で笑顔の隣人を演じていた結果が今なのだ、と。

安易に暴力に訴えなかった先人達は尊敬に値する。

だが時には力を以《もっ》て、理不尽な扱いへの抵抗の意思ぐらいは示すべきだろう。

必ずしも相手を殺す必要はないし、目的は先祖の復讐でもない。

ただ、彼らに伝えるべきは自分たちの最低限の尊厳を護る為の『怒り』なのだ、と。


そんなリゲルの訴えを、父親は当初拒んでいた。

だが、最後には首を縦に振るしかなくなった。


その年はひどい旱魃の年だった。

大昔からの商人たちとの『契約』を破り、禁じられた土地に立ち入って力ずくにでも水と食べ物を手に入れなければ誰かが飢え死にすることは確実だった。

皆で協力して耐え難きを耐えてきたが、耐え忍ぶにも限界が来ていた。

今や、全ての部族の運命を左右する立場となっていたリゲルの父は結局、まだ見ぬ将来の安寧より、今生きる幼い命を長らえさせることを選んだ。

何より、リゲルの父自身、口には出してこなかったが他ならぬ自身の息子の存在に大きな期待を抱いていた。

ゴーレムは最も硬い鉱物のような頑強さを持つというが、その程度ならリゲルの矢は簡単に砕き、貫いた。

だから、戦争が長引けば不利になるが、リゲルの力があれば戦を早く終わらせることができるかもしれない、と。

集会を開き、そんな希望を含んだ迷いの言葉を口にすると、他の族長たちも同意した。

集会の結論はすぐに出た。

他の部族の族長たちは「もし【星穿ち】のリゲルが弓を取るならば、我々の戦士たちは喜んで弓を取るだろう」と口を揃えて言った。


そうして獣人たちの『戦』が始まった。

彼らの伝統的な戦争のやり方は決まっていた。

戦える男は弓を取って戦に出る。

残りの戦えない者、女・子供は老人たちと共に安全に過ごせる場所に移り、長い間身を隠す。そうして、戦いが終わった後に散った家族は勝利を知らせる暗号を受け取り、故郷に戻る。

それは戦に負けた時に全滅することを避けるための古くからの知恵だったが、今回の戦もそうすると皆で話し合って決めた。

早期に決着をつけられることを期待しつつ、戦いが長引くことは明らかであり、そのための保険が必要だった。

そうして個々の戦士たちは他の誰にも言わず、自分の家族を自分のみが知る秘密の隠し場所に移すことにした。


リゲルたちの家族の場合、その隠し場所は『北の壁の向こう』だった。

国境に築かれた壁は高かったが、優れた戦士であった母の脚ならシレーヌを抱え、夜の闇に紛れて簡単に飛び越えられる。

壁を越えて北のクレイス王国に渡ればもう簡単には商人たちも追ってこられないし、勝てさえすればきっと連絡もつけられる、と家族の皆で話し合って決めたのだ。

リゲルはやっと言葉を理解し始めたばかりの幼い妹の頭を撫で、こう言った。

「少し時間はかかるかもしれないけど、いつか必ず、お前たちを迎えに行く。それまで母様と一緒にいい子で待っていてくれよ。ちゃんと約束できるか？」

「……うん。いいよ？」

夜中に突然起こされて見知らぬ場所に連れ出された三歳になったばかりのシレーヌは、よくわからない、という表情で眠い目を擦りながらも、しっかりと兄の言葉に頷いた。

「母様、シレーヌは頼んだからね」

「ええ。こっちは多分、大丈夫。でも……リゲル。別れる前に一つだけ約束して」

「うん、なに？」

リゲルの母は真剣な表情でリゲルの目を見つめて言った。

「……貴方、ほんの少しの間に強くなったわね。母親の私もちょっと信じられないぐらい。その『神弓』を持てばもう、この地上に敵《かな》うものなんていないんじゃないか、って思えるぐらい。貴方は本当に私の自慢の息子よ、リゲル」

「……いやあ？　でも、それは父様と母様が――」

照れ隠しに頬を掻き、謙遜を口にしようとする息子の言葉を、リゲルの母は「でもね、」と遮った。

「……でも、これだけは忘れないで、リゲル。弓というものはどんなに優れていても、結局、非力な者が力の強い者と戦う為の道具なの。だから、いくら貴方が強くなっても、自分が強いなんて思っちゃダメ。危ないと思ったらすぐに逃げるのよ。いい？」

いつになく強い口調の母にリゲルは少し考え込んだ後、ゆっくりと頷いた。

「……うん、引き際はわきまえてるつもり。死にに行くわけじゃないから、安心して。母様」

「……貴方。リゲルをお願いね」

「ああ。しばらくかかると思うが、そちらも無事でいてくれ。時機が来たら必ず連絡をする」

「じゃあ、行ってくるね。母様、シレーヌ、元気で。お守り大事にしろよ」

「……うん。いってらっしゃい……？」

リゲルはこれからしばらくの間会えないことが理解できていないらしい妹《シレーヌ》に再会の印となる族章が刻まれた『お守り』をしっかりと握らせ、また頭を撫でると笑顔で背を向け、父と共に音もなく走り去った。

母は夫と息子、二人の背中が見えなくなるのを見届けると幼いシレーヌを抱え、人知れず夜の闇に紛れて北の壁を跳び越えた。

◇　◇　◇

その夜、それぞれの家族にささやかな別れを告げた獣人たちは戦場に集った。

彼らが向かった先は商人たちの武器が収められている倉庫だった。彼らはまず、相手の『武力』を奪うことから始めることにした。

――商人たちが『忘却の迷宮』から掘り出したとてつもない力を持つ物言わぬ機械、『ゴーレム』。

あれが商人たちに『力』を与え、自分たちに理不尽を強いている。

ただ魔石を食わせるだけで疲れ知らずで動き続ける殺戮人形と化し、壊れるまで主人の命令を実行し続けるという厄介な兵器《モノ》だった。ゴーレムの装甲はとても固く、上等な聖銀《ミスリル》の剣でさえ傷つけることが難しい。

だが、その硬さも無敵ではなく、数にも限りがあることを獣人たちは知っていた。

リゲルの矢ならば、その頑強な装甲を容易く射抜くことができることは、商人たちから手に入れたゴーレムの破片を使って確認済みだった。

指導者の立場となったリゲルの父は、自分たちがこれから行う『戦』を皆にこう説明した。

きっと、『ゴーレム《あれら》』を破壊し尽くせば、いずれ対等な『話し合い』に持ち込める。しかも相手から武力を奪った上でなら、より有利な条件で約束を取り付けられる。

そうしていずれ、商人に独占された豊かな土地を昔のような共有地に戻し、奴隷に落ちた同胞達を元の自由な生活に戻すのだ。

だが、どんなに憎くても相手を殺すことは目的としない。

なるべく、無駄な犠牲者は出さないようにしたい。

誰も殺さず、ただ我らの『怒り』を示せ。

商人達の我らを支配しようとする頑なな心が折れるまで、我らは武器のある場所には何処にでも現れ、その『武器《ちから》』を奪い続けるのだ、と。


それが彼らの考える『戦』であり、彼らの戦の『大義』だった。

それはとても長い時間がかかり、辛抱がいる種類のものだった。だが、多くの者がリゲルの弓があれば期間を短縮することも可能だと考え、リゲル自身もそう考えていた。


獣人たちは予《あらかじ》め商人たちの街に斥候を送り込み、『ゴーレム』が納められた倉庫の位置を把握していた。

商人達の大きな倉庫は無数にあったが、武器倉庫の数は限られていることを、彼らは優秀な斥候役の男を通して知っていた。

そうして、その日、彼らは最初の襲撃を開始した。

まず、建物の中に居た人間を攫《さら》い、全員を外に縛りつけると、リゲルが誰も居ない、ゴーレムだけになった倉庫に向けて弓を引いた。

『引けずの神弓』を用いてリゲルが放った一本の矢は、倉庫内のゴーレムを一瞬で数十体ほど貫き、そのまま衝撃で倉庫ごと爆散させた。

その後、たった数射で一つ目の倉庫は瞬く間にがらくたの山となり、彼らの襲撃はすぐに終わった。

獣人たちは初めての戦場で想像以上の戦果を目のあたりにし、思わず歓声を上げた。

そして、互いに肩を叩き合いながら励まし合った。

これなら自分たちが家族に再会できる日はそう遠くないかもしれない、と。

そうして勢いを得た獣人たちは持ち前の強い脚を生かし、そのまますぐに二つ目の武器倉庫に向かった。

そして、一つ目の倉庫と同じように人が誰もいなくなった倉庫に向けてリゲルが矢を撃ち込むと、あっという間に一体残らず武器《ゴーレム》を破壊した。

侵入する獣人たちの動きを察知され、警備の傭兵がゴーレムを起動させて襲ってくることもあったが、そのゴーレムの腕や腹はリゲルの矢でなくとも貫くことができた。

噂に聞く通りに頑丈ではあったが、関節を上手く縫えば誰の矢でも動きを止められた。

リゲルの矢でなくとも難なくゴーレムと戦えたことに、獣人たちは半ば拍子抜けする思いで三つ目の武器倉庫、次は四つ目、と勢いのまま進み、終わってみれば初日のうちに大きな武器倉庫を七つも壊滅させていた。

それも目的通り誰も殺さず、ただ戦力だけを奪うことができていた。


初日の思わぬ戦果の大きさに獣人の戦士たちは沸いた。

そして、互いに言葉を交わしては自分たちの計画が予想より上手くいっていることを実感し、この調子ならより早く、より良い形で商人たちと『話し合い』ができるのではないかと小さくない希望を胸に抱くようになった。

そして、二日目も夜の闇に紛れて何の損害もなく八つの武器倉庫を壊滅させると、更に彼らの期待は高まった。


――恐れていた『戦争』は思っていたよりもずっと簡単だった。

このまま進めば自分たちはすぐにでも故郷に朗報を持ち帰り、愛する家族と無事に再会できるに違いない、と。

皆がそんな期待に沸いていた。

だからその時、自分たちの同胞の中に金で雇われた裏切り者が潜んでいることなど誰も想像すらしなかった。

仮に疑う者がいても、心の中で可能性を否定し、首を振った。

誇り高い自分たちの中に、まさか、そんな卑怯者が交じっているはずがないだろう。ここにいるのは皆、愛する者を守る為に立ち上がった誇り高き戦士たちなのだから、と。

生来、穏やかで気の良い性質の彼らはそう信じ込んでいた。


そうして、三日目の夜。

彼らは案内役の斥候に導かれるまま、次の目標の倉庫に向かった。

何人かは昨日よりも近づきすぎていると感じたが、警告を発する言葉は無視された。

そんなに何を恐れる必要があるのか、とある者は笑った。

自分たちは既に、大量の『ゴーレム』を難なく処理してきた。

それに、決して敵わないと思っていた『ゴーレム』に自分たちの矢が通用するのは見ただろう。

まだまだ矢にも食糧にも余裕はあるし、きっと優れた戦士である自分たちなら、どんな困難な状況でも簡単に抜け出せる、と。

連日の戦果に気を良くした獣人たちの不安と緊張は和らぎ、初日よりずっと楽観的になっていた。

何より、早く戦果を出せば早く家族の顔を見ることができるのではないか、という期待と焦りが彼らの判断を鈍らせた。


だから何かがおかしいと感じた時にはもう全てが手遅れだった。

それまで簡単に矢が突き刺さっていた『ゴーレム』の身体が矢を弾いたことに異変を感じ、最前線の集団を率いていたリゲルの父が撤退を指示した時には、すでに後方を含む全員が取り囲まれていた。


それは、今まで誰も見たこともない形状のゴーレムだった。

それら奇妙な形をしたゴーレムは冷たい岩のようにじっと砂の中に潜んでおり、機を見て音もなく地中から現れたのだ。

五感を使った察知能力に優れた獣人たちですら微塵《みじん》も気配を感じられなかったゴーレムたちは、動きも速かった。

獣人の戦士たちの中でも特に足に自信のある者が全力で駆けて距離を取ろうとしたところ、すぐに追いつかれ、巨大な掌で摑まれると簡単に胴体を握り潰された。

見慣れぬゴーレムたちは素早いだけでなく、力も強かった。

一旦、ゴーレムの巨大な掌に掴まれてしまうと、力に自信のある獣人の戦士たちが皆で力を合わせても指一本ですら引き剝がすことができず、彼らは仲間が苦しみの呻《うめ》き声をあげながら冷たい砂岩質の指で潰されるのをただただ見守る他なくなった。

その上、ゴーレムの数は獣人たちが考えていたよりずっと多かった。

慎重な者はきっとここに目に見えているものが全てではなく、常に自分たちの知らない所に数倍は隠れているのを警戒しなければならない、と考えていたが、それすらほんの一部にもならないとは誰も思っていなかった。


力も、速さも、数も、優位な点を悉《ことごと》く潰されてなす術がなくなった獣人たちは、同胞たちが巨大な手に次々に圧し潰されては血と肉の塊に変えられていくのを目にするうち、次第に悲鳴をあげて逃げ惑うだけになった。

矢を弾くゴーレム相手に戦うことも逃げることもできず、無惨に握り潰された死体だけが増えていく。

リゲルの矢だけが唯一、硬いゴーレムを貫いたが、一射、また一射と矢を番えている間に仲間たちが減っていく。

血を流さず終わっていくはずだった戦場に、瞬く間に血の河が流れた。

「――――ああ、これでようやく面倒ごとが片付いた」

と、その頃、上等な酒の入ったグラスを手にした商人たちは、獣人たちが悲鳴をあげて逃げ惑う様子を矢の届かぬ遠い場所から見物して笑い合っていた。

その場に集っていたのは、その地で特に有力な商人たちだった。

彼らは自分たちに矢を向けた愚か者たちが散りゆくさまを、『忘却の迷宮』産の特別な遠眼鏡を通して眺めては談笑し、喜びの祝杯を挙げていた。

彼らの中の殆どは最も古い時代から獣人たちの領域に足を踏み入れて土地を切り拓き、今や商業自治区全ての市場を支配するようになった『サレンツァ家』の面々だった。

数世代を経て数ある有力な商人たちの中でも独占的な富と権力を持つようになった彼らは、これまでの長い『交流』の中で獣人たちのことをよく知っていた。

生来の『力』で彼らを上回る獣人たちを敢えて『力』で圧し潰すのは、一族の古くからの念願だった。

特に最近現れた、降って湧いたような「夜空に流れ星を作り出す少年」は大きな脅威であり、一家は新たな問題に頭を悩ませたものだが、それも今日で綺麗に片付いた。

これでようやく自分たちの商売《しごと》の障害が消えてくれる、と彼らは互いに透き通る盃《グラス》を鳴らしては、自分たちの明るい未来に乾杯した。


――ようやく、綺麗さっぱり片がつく。

あれらが隠したつもりの女と子供、老人も金で話をつけた内通者によって既にほとんどの居場所はわかっている。

だから、獣人たちがわかりやすく『力』で抵抗してくれたおかげで、これから非常に合理的に、合法的により多くの優秀な奴隷が手に入る、と彼らは夥《おびただ》しい量の血に染まり続ける大地を眺めては、将来自分たちが受け取る利益の大きさを想像し、上質な酒に酔う顔を綻ばせた。


彼らは獣人たちが思う以上に獣人たちの心を理解していた。

獣人たちの貧困も、困窮も、奮起に至るまでの葛藤も。

獣人たちが必死に理解させようとした『怒り』ですら、既に彼らは十分すぎるほど知っていた。

彼らが動かざるを得ないような同族への『同情心』も『誇り』も。

不安から来る『焦り』でさえも。

彼らは全てを的確に理解した上で無駄なく、それらを効率的に利用した。

その日は彼ら商人たちにとって、全てが予定通りに進んだ一日だった。

商人たちは獣人たちが全く知り得ぬ力を隠し持ちつつ、すぐにでも『力』で押さえ込みたいのを我慢して、将来得られるであろう『利益』が最大まで実るその時をじっと待ち続けていた。

力で勝る獣人たちを合法的に抑え込むに足る理由《こうじつ》が発生し、誠実な者に大きな負債《負い目》を負わせられる、その時を。

今日がまさにその時だった。

ようやく数世代にわたる念願だった、『収穫』の時が来た。

これまであれらに好き放題させていたが、よく耐え忍んだものだ、と自分たちが操る『始原』のゴーレムが獣人たちを小気味よく薙ぎ倒す様子を眺めながら、商人たちは互いの健闘を称える言葉を贈り合った。

儚く命を散らせる獣人たちに「予定通りに『争いごと』に向かってくれて、ありがとう」と笑顔で感謝を口にする者もいた。

命令を出した者たちと同じく冷徹に論理的に駆動し続けるゴーレムの手によって、獣人たちの命が機械的にすり潰されていくのを商人たちは小さく拍手を送りながら見守った。

冷たく利益だけを見定める視線が注がれる中、獣人たちの数は瞬く間に減っていくが、そんな中でも生き残り、懸命に戦い続ける者もいた。

中でも抜きん出て強かったのはリゲルとリゲルの父だった。

親子は全ての矢を射ち尽くしても予備の短刀に持ち替え、その頼りなく小さな刃で未知の強敵相手に対等以上に戦った。

数百いた同族の戦士のほぼ全てが一瞬にして死に絶え、自身が置かれた状況さえろくに理解できぬまま、血塗《ちまみ》れになりながら勇ましく死に抗っていた。

残った二人の戦い方は凄まじかった。

呑気に見物を決め込んでいた商人たちにとっても、驚くべき額の損害を出した。

――想定の十六倍の数の貴重な『始原』のゴーレムの破壊。

その上、余裕を持って見積もっていたはずのゴーレム駆動用の魔石《燃料》を五倍、消費した。

加えて性能が始原に迫るとして投入された最高級の人造ゴーレム約二百体の全損と、予想の二十五倍にも及ぶ建造物の崩壊。

だが結局、それだけだった。

今後のことを考えればそれらの『損』は十分に『利益』で補える範囲内だった。

孤立無縁でその場に残された彼らはそれから半日ほど勇ましく戦った後、そうとは知らず商人たちに金で雇われた獣人の傭兵に自分たちの背中を預け、後ろから刺されて血を失った。

そしてしばらくの間動き続けていたが、最後には仲間たちが流した血の海に倒れ込み、溺れるようにして気を失った。


そうしてその日、彼らの戦いは終わった。

慎重に粘り強く戦うはずだった彼らの戦争はたった三日にして終わりを迎えた。

家族のために必死に運命に抗おうとした彼らの手許《てもと》には結局、何も残らなかった。


家族と歩む、平穏な日常も。

先祖が愛した土地での慎ましやかな生活も。

最低限の、人としての尊厳も。


彼らは一夜にして夢見た全てを失った。

誰も殺させない、誰の血も流さない気の優しい戦争を意図した彼らが招いたのは、数百名の仲間たちの血みどろの最期であり、その後に続く数千人に及ぶ家族たちの悲惨な末路であった。

戦士たちを率いたリゲルとリゲルの父はそんな凄惨な戦いの中でも生き残ったが、彼らを見守っていた商人たちから彼らに与えられたものといえば、汚名と秩序への叛逆の罪であり、彼らの公開処刑の日にちだけだった。

155　【星穿ち】のリゲル　3

リゲルが目を覚ますとそこは見知らぬ街の中だった。

見上げると青々と晴れ渡った高い空が見える。


（――――ここは……？）


その日は雲ひとつ出る気配のない晴天だった。

頭上からは強烈な日の光が照りつけており、呼吸するたびに口の中が乾く。

カラカラに乾いた口に血の味が広がるのを感じながら、ぼやけた視界で辺りを見回すと、すぐ目の前に太い鎖で繋がれた父がいる。

そこでようやく、リゲルは自分の身体が同じ鎖で繋がれていることに気がついた。


そこはとても見晴らしの良い場所だった。

街中に建てられた石造りの塔のような建物の上で、父は鎖に繋がれたまま黒い金属製の台に寝かせるように押さえつけられ、何かを叫んでいるようだった。

脇に立つ二人の黒い鎧の男はそれぞれ分厚い曲刀を高く掲げており、今にも振り下ろそうとしている。

リゲルが鎖に繋がれたまま街を見下ろすと、地上から沢山の顔が自分たちの様子を興味深げに見上げている。

そこには祭りの出し物を見るように楽しげな表情で眺める者もあり。

或いは、ただ不安そうに見上げる者もあり。

中にはぼろ切れを纏《まと》った獣人《同胞》たちの姿もあった。

彼らの目の前には大きな魔物が詰め込まれた巨大な黒い檻が置かれていて、その檻の上部は何かを待ち受けるかのように天に向かって口を開けていた。

――あれは、何のために置かれているのだろう。

そして、この大勢の人たちは何のために集まっているのだろう。

リゲルが疑問に思うと同時に、黒い鎧を纏った男が分厚い曲刀を振り下ろし、黒い台に寝かされていた父の片腕が飛んだ。

次は反対側の腕。

その次は、脚。

父親の一部分が斬り取られる度、辺りから大きな歓声が上がり、それらが興奮した魔物たちが詰め込まれた檻に放り投げられると観衆は手を叩いて喜んだ。


自分は一体、何を見せられているのだろう。

リゲルは疑問に思った。

こんな光景、悪夢にしても悲惨《ひど》すぎる。

だが、それが現実の出来事であるとリゲルが理解するまでにはそれほど時間はかからなかった。

リゲルはぼろ切れを纏う同胞が投げた石に顔を打たれ、ようやく自分の置かれた状況に気がついた。


――――ああ、そうだ。

自分たちは敗けたのだ、と。

共に戦った仲間たちは物言わぬ巨人に無惨に潰され、紙のように引き千切られて遺言も遺さず死んでいった。

唯一、自分の他に残った父は腕と脚を失いながら何かを喚いている。

聞けば、それは息子であるリゲル《じぶん》の命乞いだった。

まだ心のどこかでこの悲惨な光景が夢であることを期待していたリゲルの目を醒ましたのは、そんな父をせせら笑う声だった。


――今更何を言う。汚らしい『野人』めが。

――無様に泣き喚いていい気味だ。

――本当にいい迷惑だった。この処刑を以て、己が何をしたかを知るがいい。


それは紛れもなくぼろ切れを纏った同胞《獣人》たちの口から発された言葉だった。

彼らの声と重なるようにして目の前に立った刑務官から、自分たちが守るはずだった同胞たちの顛末が『罪状』として読み上げられる。


――お前たちが隠したつもりの女・子供・老人は既に捕らえられている。多くの者は従順になり投降したが、少しでも抵抗した者は子供であろうとその場で例外なく処刑された。生きて捕らえられた者はこれより、子々孫々、永久に犯罪奴隷となることが決まっている――と。

リゲルはそんな何の感慨もない声色で伝えられた内容を即座に真実として受け入れた。

刑務官が口にした場所は実際、戦を共にした仲間たちから「自分に何かあった時には頼む」と託された彼らの大事な家族の居場所だったから。


リゲルの視界が絶望に暗く沈む中、目の前の黒い金属製の台に美しい弓が置かれ、黒い鎧を着た男が黒ずんだ鎚を頭上に振り上げた。

それは『引けずの神弓』だった。

重い鎧を着た刑務官の手で巨大な槌が振り下ろされ、慣れ親しんだ弓が打たれて破壊されていく音を聞き、リゲルは自分たちが成そうとしたことが全て失敗に終わったことを悟った。


――ああ。

何もかもが無駄だった。


リゲルは自分の目に涙が浮かぶのを感じながら、自分の心を惹きつけた美しい弓が目の前で打ち壊されていくのをじっと見守った。

巨大な槌が一回、二回と振り下ろされる度、透明な弓が少しずつ折れ曲がり、ひび割れていく。

そうして数回も打たれると、『引けずの神弓』は金銀の交じる弦の張力に耐えかねて粉々に砕け散る。

砂漠の街に白く輝く粒子《ゆき》が舞う。

太陽の光を受け宝石のように煌めく無数の美しい破片が降り注ぐ中、観衆は処刑人が処刑刀を振り上げるのを見守り、リゲルはそれが父の首に振り下ろされるのを見た。

止めようと必死に叫ぶが、力なく枯れ果てたリゲルの声はその場の歓声に掻き消された。

そうして瞬く間に小さくなった父の身体は残らず魔物の檻の中に投げ込まれると、あっけなく魔物の腹の中に消えた。

――ああ。

これで何もかもが終わった、とリゲルは思った。

魔物の餌となった父の次はリゲルの番だったが、もう何も抵抗する気は起きなかった。

抵抗する力もない。

する意味もない。

そのまま処刑人が全ての気力を失ったリゲルの前で巨大な処刑刀を振るうと、リゲルの利き腕が宙に舞う。

だが、四肢切断の痛みはすぐさま周囲の歓声に掻き消された。


「「「――――――」」」


それは狂喜の声だった。

リゲルの腕が魔物の群れに投げ入れられると一層、大きな歓声が起きる。

怒声とも悲鳴ともつかない声を聞きながら、リゲルは自分が彼らに本当に憎まれているのを知った。

同胞だと思っていた者たちが父の死を喜び、自分が死に向かうことも喜んでいる。

今も、苦しんでいるだろうはずの人々が。


自分たちは確か、困窮している彼らを助けるなどと意気込んでいた。

だが、それはとんでもない思い上がりだった。

彼らにとって自分たちはただの『敵』だった。

彼らにとって大事なのは主人に殴られずに済む明日の希望ではなく、貧しくとも食べ物が与えられる、すぐそこにある平穏の日々だった。

だから、その平穏を壊しにきた者《じぶん》たちができるだけ残酷に八つ裂きにされ、骨まで魔物に喰われてしまえば彼らは安心して眠ることができるのだ。


自分たちがしたことは、何もかもが無駄だった。

始まる前から、全てが無駄に終わることが決まっていた。

リゲルの目から知らぬうちに溢れ出していた涙が、片目に押し当てられた赤熱した鉄の棒で一瞬にして蒸発する。

眼窩《がんか》に満ちた熱で喉まで焼かれるのを感じるが、最早リゲルはそれを苦痛とさえ思わなくなっていた。

今更、腕や目など失った所で何も変わらない。

最悪の罰は既に受けている。

仲間を全て失い、父も失い、母と妹を助けるための弓《ちから》も失った。

もう自分には何もない。

そんな自分が、これ以上生きていて何の意味がある？

ただ、二度とあの美しい弓を引けなくなったことだけが悲しかった。

リゲルはその時、全てを諦めていた。

そうして、やるならさっさとやってくれ、とリゲルは目を瞑って天を仰ぎ、そのまま終わりの時を待つことにした。

それが最早、リゲルに残された唯一の救いだった。

だが運命はそんなリゲルの一抹の希望にすら冷淡だった。


(――雨――?)


リゲルの額に小さな水滴が当たる。

思わず目を開くと、先ほどまで雲ひとつなかった空に奇妙な雲が現れて渦を巻き、そこからぽつぽつと雨が降り始めている。

それは砂漠の街に似つかわしくない巨大な雨雲だった。

上空に突然湧き上がった不吉な形の雲を皆が見上げる中、それはやがて雷を伴う黒い雲となって強い風を呼び、すぐに本格的な嵐を招いた。

観衆は急激に荒れた天候に処刑への興味を失い、逃げるようにしてその場を去り始めた。

結局その日、リゲルは死ななかった。

見せしめのために集めた大勢の観客が去ったことで興醒めした主催者より、

「『【星穿ち】のリゲル』の処刑は後日改めて行う」

と宣言がなされ、リゲルはそのまま暗い牢獄に繋がれ放置された。

だが、生き残った所でリゲルの中に残るのは空虚さだけだった。

暗い牢獄の中で荒れ狂う嵐の音を聴きながら、やがてリゲルは自分が笑っていることに気がついた。

不意の自分の表情に戸惑うが、己の心の内を探るとその答えはすぐに見つかった。

リゲルが浮かべていたのは安堵の笑みだった。

自分はもう全てを失った。

でも、そのおかげでやっと全ての責任から逃れられた、と感じている自分がいる。

これでようやく『【星穿ち】のリゲル』という名前の重荷から逃れられた、と。

胸を撫で下ろしている自分がいる。

……なんなのだ、自分《こいつ》は。

臆病者、卑怯者。

そんな言葉ではとても足りない、愚か者。

皆が信じ、未来を信じさせた自分はその程度の存在だった。

自分は元々、そんなことは最初《はな》から知っていたのだ。

知りながら、皆に『英雄』と持ち上げられるままにし、皆が自分に与えたいと願う役割を演じることに心地よさを覚えた。

そうして皆が『【星穿ち】のリゲル』という虚構《うそ》に酔うのを知りつつ、自らもその嘘を進んで信じさせようと努力した。


――――その結果が、これだ。

結局、自分は嘘ばかりだった。

振り絞った勇気も、誇りも。

皆に寄せられた期待も。

何もかもが作り物であり、偽物だった。

自分は皆が信じてくれたより、それどころか自分が信じていたよりもっとずっと弱かった。

倉庫に最初の矢を放つ時、手が震えていた。

こんなことはすぐにでも辞めて、逃げ出したいと思っていた。

ならばあの時、母が忠告したように迷わず逃げるべきだったのだ。

それなのに自分を本来よりも強く見せようとし、皆の期待通りの『英雄』を演じようとし、そうして結局、皆は『【星穿ち】のリゲル』の偽りの勇ましさに騙されたままで死んだのだ。


――【星穿ち】？


そんな名前はもう必要ない。

そう呼んでくれた者は皆死んだ。

いや、死んだのではない。殺したのだ。

自分が。いらぬ希望を駆り立てて。

その張本人だけがのうのうと生き延び、己の責務からも目を背けこうして一人笑っている。

これが皆に全てを期待された『【星穿ち】のリゲル』の嘘偽りのない姿だった。

結局、皆はそんな者が造った虚構《うそ》の中に生き、全てを賭けて死んだのだ。

そう思うとたまらなく悲しくなり、それ以上に全てが滑稽に思え――やがて、全てがどうでも良くなってきた。

結局、もう全て終わってしまったのだから。

今更どんなに嘆いても、何もかもが遅い。


「……は、は……！　ははは」


そこにいるのは最早、全ての獣人の希望と呼ばれた少年ではなく、空っぽの自分を嘲笑《あざわら》うだけの何かだった。

あらゆる力を失ったリゲルは冷たい床の上に座り込み、自分の腕があった場所から流れ出ていく血をただ眺めていた。

そんな無様な自分の姿を受け容れ、また力なく掠《かす》れた声で嗤《わら》う。


「――――へえ、君。今、笑ったね？」


不意に暗闇の奥から子供の声がする。

続いて、硬い石の床を蹴る複数の重い足音がした。

リゲルがその音が近づいてくる方向に昏く澱んだ目を向けると、先頭を歩いているのは十五歳のリゲルより幾つか下に見える、年端もいかない少年だった。

「……面白いねえ。なんで、こんな時に笑うんだい？　君の父親はついさっき、無様に泣き喚いて君の命乞いをしながら死んでいったというのに。彼の遺思を汲んで、最後まで汚く生き足掻《あが》かなくていいのかい？　もしかして、もう自分の命なんていらないなんて思ってる？」

刑務官数人を連れて近づいてきた少年は悪戯《いたずら》っぽい笑顔で鉄格子の中を覗き込むと、鎖に繋がれるリゲルに幾つかの質問をした。

だが、リゲルは何も答えなかった。

少年の問いへの答えなど持ち合わせていなかったし、答えるだけの気力も残っていなかった。顔を上げようともしないリゲルの態度を気にするでもなく、少年は牢の扉の鍵を開けさせ、四人の刑務官と共に牢に入っていくと、再び笑顔で問いかける。

「……ねえ。だったらさぁ、君の命《それ》、僕に売ってくれない？　できるだけ良い値段で買い取るから」

「……ふざ、けるな。さっさと……殺せ……！」

リゲルは嘲《あざけ》るような少年の言葉に苛立ちを覚え、怒りを露わにした。

リゲルが一つ身じろぎする度、牢獄の壁に繋がる太い鎖と壁が鳴る。

「へえ。その状態で喋《しゃべ》れるんだ、すごいすごい。でも、悪いけどこれは対等な取引じゃないんだよ。元から君に断る権利はない。君がこれから自分で決められるのは、自分を僕に幾ら《ヽヽ》の値で売るかという一点だけ」

そう言って少年は複数の刑務官に押さえつけられるリゲルの顔をまた面白がるように覗き込む。

「俺の処刑は既に決まっている。お前のような子供に何ができる」

「ふふ、その通りだね。でも僕はこれでも『サレンツァ家』の一員なんだ。だから、手段を選ばなければできることは結構ある。例えば、こんな風に」

少年の合図で刑務官の服装をした男がまた新たに四人、牢に入ってきた。

そして、リゲルを押さえつけていた四人の刑務官の背後に立つと、一斉に彼らの首に短刀を突き刺した。

「何を……している？」

暗い牢獄に血飛沫《ちしぶき》が舞い、四つの身体が同時に冷たい床に倒れ込む様子をリゲルは虚ろな目で眺めていた。

「何って。僕は君を助けに来たのさ。もちろん条件付きだけど。じゃ、君たちもどうぞ。入って」

別の刑務官に連れられて、今度は牢に一人の少年が入ってきた。

リゲルとほとんど背格好が変わらない獣人の少年だった。

「彼、なかなか君に似てるだろう？　たまたま君らの公開処刑の場で見つけたんだけど、こいつを上手く使おうと思ってね」

「……ヒッ」

無邪気な笑みを浮かべる少年とは対照的に、無理やり連れてこられた様子の獣人の少年はひどく怯えていた。

「何を考えているか知らないが、やめろ。そいつは俺と関係ない」

「関係ない？　それは違うよ。こいつは君の腕が切り落とされた時、ケラケラと楽しそうに笑っていたんだよ。そして嬉々として足元の石を拾い、何度も何度も君に投げつけた。君と彼とはそういう関係」

「……だからどうした。俺はそんなことで恨まない」

「違う違う。君は気にしなくても、僕が気にする。こいつは僕が欲しいと思ったモノを傷つけた。だから相応の罰を受けなくちゃいけない」

「そっ、そんなの、おかしいじゃないか!?　石を投げた奴なんて他にも居ただろう!?　な、なんで俺だけ――――!?」

「うんうん、罪人はみんなそう言うね。自分がしたことを棚に上げて他人に罪をなすりつける。君はその典型だ。典型すぎて――――つまらない」


少年が一転して冷ややかな瞳で獣人の少年を見つめると、その顔は恐怖に歪んでいく。


「――――ひッ。ま、待って。あ、謝るから――――！」

「謝って済むなら刑法はいらない、ってね。刑務官、予定通り進めて」

「はっ」

「ま、まってッ……!?」

少年の合図で泣き喚く少年の腕が無慈悲に斬り落とされた。

獣人の少年はしばらくの間、冷たい牢の床で苦しそうなうめき声をあげていたが、血を流し続け、やがてピクリとも動かなくなった。

刑務官は少年の心臓が動かなくなったことを確認すると、絶命した少年の左目に焼鏝《やきごて》を押し当てて、リゲルと同じ拘束具を取り付けた。


「……何を……している?」

「わからないかい? ……いやあ、流石《さすが》あの『【星穿ち】のリゲル』。死ぬ間際に暴れ回って大変だった。彼が死ぬまでに優秀な刑務官が四人も犠牲になってしまったよ」

「お前は……何を言っている?」

「見ての通りだよ。逃走を試みた罪人『リゲル』は刑務官四人を殺害、騒ぎを聞きつけ駆けつけた他の刑務官数名が取り押さえたが、直後、負傷により失血死した――そういう内容の調書《しょるい》が今、ここにある」


少年はそう言って血塗れの石畳の上で一枚の紙切れをパタパタとはためかせた。

「要するに、これで『リゲル』は死んだんだ。……おや？　じゃあ、たまたまここに居合わせた君は一体、どこの誰なのかな？　もう、誰でもなくなってしまったね。これなら君がここから居なくなっても誰も困らない」

「……まさか、そんなことのためにそいつを？」

「もちろん。彼が死んでも僕には何の損もないからね。いやあ、刑務官《彼ら》の弱みを握って協力を取り付けるのには苦労したよ……でも、よかった。これで誰も職を失わずに済む。ね、君たち？」

少年は屈託のない笑みを浮かべ、刑務官たちの背中をぽんぽんと叩いた。

「……お前にとって命とは、そういうものなのだな」

「そうだよ。命には価値があるものと、そうでないものがある。君の命は僕にとってそれなりの価値があり、そこに転がる彼はそうじゃなかった。それだけの話」

「ふざけるな。何を期待されようと、俺はお前らになど与《くみ》しない」

「お前らって『サレンツァ家』のことかい？　なるほど、君は殺してやりたいほど僕らが憎いんだね？　そういう顔をしてる」

「……ああ、そうだ。俺にはもう時間はないが……お前一人殺すぐらいだったら、わけはない」

リゲルの目に俄《にわか》に昏い光が宿り、片方だけになった腕に力がこもる。

リゲルを牢獄に繋ぐ太い鎖が轟音《ごうおん》を立てながら壁から引き抜かれていくのを目にした刑務官たちは慌てふためき、少年はまた笑う。

「ははは、さすがだね！　その目つきだけで何人か殺せそうだ」

「脅しではない。本当に殺すぞ」

「なら、なぜすぐにやらないんだい？　今、君が僕に一言話す時間で、君は何回僕を殺せたのかな？」

「それは――――」

「冷静な君は今、こう考えたことだろう。同胞を殺した『サレンツァ家』は確かに憎い。だが、こんな子供など殺して何になる？　本当の仇はもっと他にいるはずなのに、と」

「…………ッ」

少年に心の動きを正確に言い当てられたリゲルは思わず歯噛みした。

「そこで本題。僕と君とで、取引といかない？」

「……応じると思うか？　ここにいる全員を捻り殺すぐらい、片腕でも十分だ」

「いいから聞けよ。君にとっても悪い話じゃないからさ」

少年は冷たい笑みを浮かべ、憎悪の形相で睨みつけるリゲルにそっと顔を近づけた。

「実はね、僕、家族から嫌われててさ。特に親父から。最初の頃はそれなりに可愛がってもらってたんだけど……最近、だんだん、怖がられるようになってきてて。気付いたら食事に毒を盛られるぐらいは日常茶飯事になってた。なんでだろうね？　今まで何度か『家』の意向に背くことをしてるから仕方ないことかもしれないけれど……最近なんて酷いよ？　あいつら、もうろくに隠そうともしなくなってきた」

「それで、俺に同情しろとでも？」

「違うよ。協力しようって言ってるのさ。僕ら、嫌われ者同士で」

「……協力、だと？」

「そうさ。僕はずっと探していたんだ。僕の傍に置いてもいいと思える奴を。そして君が夜空に放った矢を見た時、やっと見つけたと思った。だから今日、君がここに来ることを知って多少の無茶をして会いに来た。実は僕、今日の処刑《イベント》には呼ばれてないんだ。だから僕は今、本当はここにはいないことになっている。今頃、僕そっくりの役者が優秀な使用人《メイド》と優雅に湖畔でバカンスしてるから、何も問題はないはずだけどね」

「……一体、お前は何が望みだ」

リゲルは思わず少年に問いかけていた。

リゲルはずっと、少年に殺意を込めた目を向けていた。

だが、それを当たり前のように笑顔で受け止める少年を不気味に思った。

リゲルにとって初めて出会う、その得体の知れない生き物は相手の心中を覗いたかのようにまた笑う。

「僕が提案する取引の内容はシンプルさ。これから、君には僕を護って欲しいんだ。その対価として僕も君をちゃんと保護することを約束する」

「俺が……お前を？」

「そうだよ。君はこれから僕が親族に殺されず、生き延びられるよう護るんだ——そうしてこの先、僕がちゃんと大人になるまで成長し、見事『サレンツァ家』の上に立つことができたなら、その時は君の全ての罪を帳消しにして完全な自由の身にしてあげよう。その場で彼らの首を掻き切るなり八つ裂きにするなり、好きなようにすると良い」

「……そこまで待てず、最初にお前の喉を噛みちぎるかもしれんぞ」

「ただの気晴らしならそれもアリだと思うけど。でも、おそらく君はそれをしない。君は獣人にしては珍しく、ちゃんと損得勘定のできる人間だ。僕一人を殺すことと残りの『サレンツァ家』全員の命を天秤にかけ、少なくて価値がない方を選ぶなんて間抜けはしない。そうだろう？」

少年は嘲るような表情で首を傾げながら、自分よりずっと背の大きいリゲルを見つめた。

「……つまり、お前は自分の家族の命を『対価』として差し出すと？　なぜ、そんなことを考える」

「言っただろう。僕は家族《あいつら》に殺されかけている。とはいえ、彼らとの命懸けの遊戯《ゲーム》は退屈しないし、実はそんな日常も悪くないかな、って思っているんだけど。でも……欲を言えば、僕はもう少し先の未来を見たいのさ。その為なら、家族《彼ら》の命を全て引き換えにしたっていいと思ってる――ま、要するに。君は僕に『自分の命《いらないもの》』を預ける代わりに、彼らを皆殺しにするチャンスを得られるわけだ。ね？　どうだい、この取引。君にとって悪い話じゃないと思うけど」

リゲルは少年が饒舌《じようぜつ》に語る間、赤黒く染まった牢獄の床をじっと見つめ黙ったままだった。

だが、次第にその光の消えた目に昏い感情の火が宿るのを見て、少年は血の匂いが充満する牢獄の中で満足そうに微笑んだ。

「……ああ、そうだ。君が名無しのままじゃ不便だし、新しい名前を考えなきゃ。『シャウザ』なんてどうだい？　小さい頃、僕が飼っていた猫の名前なんだけど」

そう言って、少年は無邪気に笑った。

156　新経営者ノール

「どうでしたか、シレーヌさん？　何か、ご家族に繫がるお話は……？」

浮かない顔で帰ってきたシレーヌにリーンが控えめに声をかけると、シレーヌは静かに頷いた。

「……はい。でも正直、あまり良い方のお話ではありませんでした」

「……そうですか」

「すみません。せっかくリンネブルグ様に気を遣っていただいて、時間をもらったのに」

「いいえ。今後も、もし道中でご家族の手がかりが得られそうなら遠慮なく言ってくださいね。私ができることなら何でも協力するつもりですので」

「はい。ありがとうございます」

シレーヌはリーンの励ましにいつもの笑顔で応えたが、まだどこか浮かない感じだった。

あの後、シレーヌは何か用事があるとかで一人でどこかに行っていた。

だが、しばらくしてシレーヌはかなり気を落として帰ってきた。

リーンもそんな彼女に声をかけているうちにしんみりしだし、俺はイネス、ロロと一緒に少し離れた場所から、なんだか見るからにしょんぼりとしている様子の二人を眺めていたのだが。


「……彼女に、何かあったのか？　イネス」

「私も詳細は知らない。だが、どうも個人的なことだそうだ」

「そうか」


イネスは壁を背にして、いつものように周囲を警戒するように立ちながらも二人の様子が気になるらしく、時折横目でチラチラと見ている。

俺とロロも可哀想なぐらい気落ちしているシレーヌを眺め、しばらくどうしたものかと様子を窺っていると、廊下の奥から明るい声がした。


「やあ、ノール」

もはや聞きなれた感じがする男の声に振り返ると、その声の主ラシードがメリッサ、シャウザを後ろに引き連れて歩いてくるのが見えた。

「すぐに出ていくと言っていたが、荷造りはもういいのか？」

「ああ。文無しの僕らには、持っていく荷物なんてないからね。所有物と言えるのはあの部屋にある茶葉と茶器ぐらいだったけど、置いていくことにしたよ。寛大な新経営者《オーナー》のおかげで、最後にお気に入りのコレクションを堪能する時間はもらえたしね。全部君にあげるから、好きにしてくれたらいい」

「せっかくだが……俺が貰ったところで多分使わないと思うぞ？」

「君が使わないなら、部屋ごと従業員の休憩室にでもしてくれたらいい。せっかく集めたものを使われないのも勿体無《もったいな》いし」

「なるほど。じゃあ、それでいこうか」

俺がラシードと何気ない会話をしていると、リーンが静かに歩いてきてラシードに礼をした。

「ラシード様。私の従者の突然の来訪に対応いただき、ありがとうございました」

「勿論《もちろん》、それぐらいのことは構いませんよ、リンネブルグ様。しかしながら、少々驚きましたね。

大事な部下をたった一人で私たちのところに寄越すとは。もしや、私もそれなりに信用してもらえたのでしょうかね」

「彼女のお話はあくまでもプライベートなことだと伺いましたので、付き添いは不要かと。それに彼女自身、私に護られる程弱くはありませんので」

「それはそれは。本当に部下想いの方だ。ちなみにこちらも大事なお話の前に邪魔者は退散しましたので、ご安心を」

「お心遣い、大変感謝いたします」

互いに丁寧な言葉遣いでのやりとりだったが、どうもリーンは引き続きラシードのことを警戒している様子だった。

言葉を交わす二人の間に見えない小さな火花のようなものが散っている。

「ところでラシード。さっき、出ていく前に俺に話があると言っていたが」

「ああ。一応、前の所有者として、この館の取扱い説明ぐらいはしておかないと不親切だと思ってね。要は仕事の引き継ぎの話さ」

「なるほど。それは助かる」

「とはいえ、伝えることはそんなに多くないんだ。経営の方針は経営者となった君の自由だし、命令さえすれば実務は下の者たちが行ってくれるしね……無意味な儀礼的なことに時間をかけるのも考えものだし、むしろ君から聞きたいことがあれば何でも答えるけど。何か質問はあるかい？」

「そうだな……？」


何か質問は、と言われても正直わからないことだらけなので何もかもを聞きたくなるのだが。


「そういえば、館長はもうメリッサじゃないんだよな？」

「そうだね。彼女は僕が経営者だった時点で『解雇』したから。彼女はちょっと特別でね。悪く思わないでほしい。僕にとって替えの利かない部下なんだ」

「それは構わないが……これからどうすればいい？　やはり、館長がいないと困るだろう？」

「新しい館長には、君が誰でも好きな者を任命すればいい。この『時忘れの都』の従業員の中には優秀な者は他にもたくさんいる。普通に運営を維持するだけなら彼らでも十分務まるだろう」

「……なるほど？　ちなみに、誰でもいい、というのは本当に誰でもいいのか？」

「ああ。館長に誰を任命するかの決定は経営者《オーナー》の専権事項だ。お望みなら君が館長を兼ねても問題ないし、クレイス王国から連れてきてしまってもいい」

「なら、またメリッサにお願いしてもいいのか？」

「また彼女に？」

ラシードとメリッサは目を見合わせ、意外そうな顔で俺を見た。


「……ダメなのか？」

「……いや。任命の人選は自由だ。ただ、それを彼女が受けるかどうかは別の話だけど」

「なるほど。じゃあ、まず頼みたいんだが。考えてもらえないか？」


俺はメリッサに顔を向けて頼んでみたが、メリッサは微妙な顔をした。


「あまり、気が乗らなそうだな？」

「……そうですね。まず、私は貴方にそんなに信用されていたこと自体が意外です」

「そうか？　知っていると思うが俺はこの国の者じゃない。当然この館のことも何もわからないし、俺としては引き続きやってもらえるのが一番良いと思ったんだが」


今度はリーンとメリッサが目を見合わせ、互いに目をぱちくりさせた。

ラシードはなぜか可笑《おか》しそうに笑っているが、三人はどうやら同じことを考えている様子だった。

「何か、まずいことでもあるのか？」

俺はあくまでリーンの付き添いということでこの国を訪れたのだし、まだその用事は済んでいない。

その後のことは未定だが、ひとまずクレイス王国には帰るつもりでいる。

なので、今まで通り問題なく運営してくれる人がいてくれるのが理想的なんじゃないか、という単純な考えからなのだが。


「……どうやら、ノール様には『館長』の役職の意味をご理解いただけていないご様子ですので、私めからご説明を差し上げても？」

「ああ、頼む」

「経営者が任命する『館長』という役職は、つまるところ——経営者の全権代理者となります。つまり、経営者の権利を全て預け、経営者が不在の間にも実際に行使させる者、ということになります。それが私、メリッサでも問題ないと？」

「別に、それでいいと思うんだが？」

ラシードとメリッサはまた目を見合わせ、一緒に口を閉じた。

「ノール。僕からも一ついいかな？」

「なんだ？　ラシード」

「『時忘れの都』の館長を解任された今、彼女の立場は僕の専属の使用人《メイド》ということになるんだけど。君が言っていることはつまり、僕に彼女を貸して欲しいという意味になる」

「なるほど、そうなるのか？　なら、それでいいからとにかく手を貸してもらえると助かる」

「へえ？　いいんだ、それで。面白いね」


リーンの意見を聞いてみようと振り返るが、リーンもメリッサと同じように微妙な顔をしていた。


「リーンはどう思う？　やっぱりまずいと思うか？」

「……いえ。ノール先生の仰る通り、異国の地で彼女の代わりの人材を探すとなると大変ですので、十分考慮に値するお話かと。しかし、メリッサさんをお借りするというお話はかなりの対価を前提としているのに加え――」

「いや。対価《それ》はいい。今回は無料《タダ》でいいよ」

「……無料《タダ》？」

リーンが今日一番、怪訝《けげん》な顔をした。

「ラシード様。それは、どういった意味でしょう」

「言葉通りの意味ですよ、リンネブルグ様。より正確には、ここで彼女の身の安全を保障してくれるのなら、むしろタダでも置かせてもらいたい、かな。他の含みはない。どうだい、ノール？」

「それぐらいなら大丈夫だと思う。もちろん、俺ができる範囲でだが」

「十分さ。ちなみに……それとは別に、彼女にはちゃんと『館長』としての給料は支払ってくれるんだろうね？」

「もちろん、そのつもりだ」

「なら僕からは何も言うことはない。というわけでどうだい、メリッサ？　新オーナーからすごくいい条件でオファーが来たけど、受けるかい？」

ラシードは上機嫌だったが、メリッサは眉間に皺を寄せながらラシードの顔色を窺っている。

「……ラシード様。それはつまり、私だけここに置いていかれると？」

「いいじゃないか、メリッサ。彼が君の安全を保障してくれると言うなら、君にとってこれ以上の身の置き場はないだろう？」

「……彼の言葉をそのまま信じろと？」

「信じていいんじゃないかな。そうだろう、ノール？」

「ああ、全てがうまくできるとは限らないが……言ったことはできるだけ守る」

「だってさ、メリッサ」

「……それは実質、何も約束していないのと同義では？」

「いいじゃないか。できることはできるし、できないことはできない。未来のことなんて誰にもわからない。だから、やれるだけはやる、と。とても誠実な答えだろう？　それに彼は今の自分に必要なものとそうでないものをちゃんと見分けた上で君に交渉を持ちかけてるらしい……『時忘れの都』を任せる者の資質としても、満点さ」


俺としてはそう言うしかないのでそう言ったまでなのだが、ラシードは終始機嫌よくニコニコしている。

メリッサはあまり乗り気ではない様子だが。


「……ちなみに、もし私が急に辞めたいと言い出したら？」

「それは仕方ないだろう？　やめたくなったらいつでも自由にやめてもらって構わない。やりたくもない仕事に縛り付けるつもりはない」

「……？　本当に、その条件で宜しいのですか……？」

「ああ。仕事の内容も必要だと思うことを必要なだけやってくれればそれでいい」

「……それならば、このまま館長職を承ることも可能かと思いますが」

メリッサは俺を疑いつつも、多少前向きに考えはじめてくれたようだった。

ラシードはそんな俺たちのやり取りを可笑しそうに眺めているが、リーンは少し心配そうな顔だった。

「リーンは、今のでいいと思うか？」

「はい。私も色々と考えてみましたが、現状、ノール先生のおっしゃる通り『館長』業務は引き続き彼女にお任せできるのが最良かと。これから、他の方を見つけるという手もありますが、同じぐらい信頼がおける方を見つけるのはかなりの時間を要することだと思います」

「おや？　リンネブルグ様はもしや、メリッサを信用してくれているのですか？」

「はい。少なくとも彼女の実務の手腕に関しては」

「それはそれは。部下を評価していただけて光栄です」

「何より、ノール先生が彼女が適任と判断されたのであれば部外者の私が口を挟む道理はありません」

「ま、それもそうだ。僕ら部外者は黙って見守るだけに致しましょう」

「……あくまでも、ラシード様が部外者として振る舞っていただけるのでしたら、という前提の上ではありますが」

二人は相変わらず険悪なムードを漂わせているが、要するにリーンもとりあえずそれでいい、ということらしかった。

「なら、今の条件で頼む」

「じゃあ、交渉成立だ。よかったね、メリッサ。新経営者《オーナー》はいたく君のことを気に入ってくれてたようだ。彼の期待に応えられるよう、より一層仕事に励んでくれ」

「…………承知いたしました」

ラシードは喜んでいるようだがメリッサは渋々、といった感じだった。

よくわからないが俺はメリッサにはかなり警戒心を抱かれている様子だった。

「悪いが、よろしく頼む」

「……かしこまりました、新経営者様《オーナー》。今後は何とお呼びすれば？」

「ノールでいい」

「かしこまりました、ノール様――それではこれより改めて『時忘れの都』オーナー全権代理者『館長』を務めさせていただきます、メリッサ・モーモントと申します。今後ともお見知り置きを」

「ああ、よろしく。頼りにさせてもらう」

　メリッサは小さな身体で形の良いお辞儀をし、俺が片手を差し出すと小さな手で握手を返してくれた。

「じゃあ、引き継ぎの話はもういいね。彼女がここに残るとなればその必要はないだろう」

「そうだな」

「――それでは現時点での『館長』再就任をもちまして、早速業務を再開しても？」

「ああ。頼む」

「今、この館にはやるべきことが山積みです。というか……もっと、はっきり言わせてもらいますと前代未聞の経営者交代劇を受け、緊急事態です。『時忘れの都』の維持管理責任者として、まずは館の機能を最低限維持する為の対処の許可をいただきたく存じます。それと、ノール様ご自身にも是非ともご協力を」

「……俺も？　もちろん構わないし、俺にできることならやるが」

「では、これよりノール様には全従業員の前で経営者交代のご挨拶をしていただきたいと思います」

「挨拶か？」

「はい。唐突な経営者交代の報を受け、一般の従業員はもとより居住区の住民にまで混乱が拡がっています。できるだけ早急に鎮めねば要らぬ噂が広まり、今後の業務にも多大な支障をきたします」

「なるほど。確かにそうかもな」

「それに、ノール様は今後この『時忘れの都』にそれほど長く留まるおつもりはないのでしょう？　ならば尚更急務です。すぐに経営者就任のご挨拶を。読み上げ原稿の内容についてはノール様のご意向を元に専従のスタッフが作成致しますので、どうぞご協力を」


メリッサは任せた途端、すごい勢いで仕事を始めた。

ついさっきまで渋っていた様子なのに切り替えが早い。というか、むしろ、いきなり職を奪われた鬱憤のようなものを感じる。


「やっぱり、その挨拶は俺がやるのか？」

「他に、どなたが？　経営者御自ら《ノールさまおんみずか》今後の方針を示してもらわねば私ども従業員はこれから、いったい誰に従えば良いというのでしょう。経営者がその舵取り一つ間違えば、すぐにでも皆が路頭に迷うことになることも、この『時忘れの都』の経営権をお買い求めになられた時点でしっかりご理解されていると思っておりましたが……？」

メリッサに鋭い目を向けられて思わず恐縮するが、その視線は半分、俺の脇でうすら笑いを浮かべているラシードにも向いていた。

言葉の方もどことなく売った方のラシードに対する恨み言にも聞こえたが、勿論、残りの半分はよく考えずに買ったことが明らかな俺に向けられている。

「……わかった。でも、その前に幾つか聞いておきたいことがあるんだが」

「私に答えられる範囲であればなんなりと——ですが、これから全従業員を一箇所に集める間に全ての準備を滞りなく行わねばなりませんので、原稿を作りながらでも？」

「わかった……悪いが、リーンもいいか？　長い話を俺一人で考えるのは無理がある」

「はい。私にご協力できることがあればなんなりと」

「……では、まず経営者《オーナー》の執務室にご案内いたします。今後の簡単なご予定《スケジュール》は移動しながらご説明いたします」

テキパキと仕事を進めるメリッサの姿からは、なんだかリーンと同じような頼れる人物の気配《オーラ》を感じる。

年齢はメリッサの方が上だと思うし背丈も多少高いが、二人の雰囲気はよく似ていると思った。

俺からするとリーンが二人に増えたような頼もしさがあり、メリッサがこの館に残ってくれてよかったと心から思う。

「―――じゃ、頑張ってね。メリッサ。いずれ、迎えに来れると思うけど」

ラシードの明るい声にメリッサの眉がピクリ、と動く。

「……ラシード様。そんなに長い期間、私をここに置かれるおつもりで？」

「それは今後の成り行き次第」

そうして俺たちは早速、早足で歩き始めたメリッサに連れられて別の部屋に移り、『時忘れの都』の従業員たちの前で読み上げる挨拶の中身を作り上げることになったのだが。

157　経営者ノールの挨拶

ラシードたちと別れた後、俺はリーンとメリッサに手伝ってもらいながら、従業員の皆の前で読み上げる挨拶の原稿を作ることになった。

と言っても、俺自身がやることはそれほど多くなく、俺が言ったことを専従の職員の女性があっという間にきちんとした文章として書き起こしてくれ、その文面にもリーンとメリッサが手早くチェックを入れてくれたので原稿自体はあっさり完成した。

おかげで多少時間に余裕ができたので、本番前に原稿を読み上げる練習をしたところ、どうも俺は紙に書いてある文章を読み上げながら話すとかなり動作がぎこちなくなるらしく、その場にいた全員からなるべく原稿を見ないで話すことを勧められた。

メリッサによれば、一応、挨拶の前に原稿は作るがそれは話をする為の備忘録《メモ》のようなものなので、基本的に内容の大筋さえ違わなければ自分の言葉で丁寧に話してもらえればそれでいい、ということだった。

なので、最終的には時折手元の原稿をチラチラと見つつ、とにかく俺が話しやすいように話せばいいだろう、ということに落ち着いて本番を迎えることになったのだが。


「……こんなに、従業員が居たのか……？」


挨拶の会場となる『時忘れの都』の中央講堂《セントラルホール》に辿り着いた俺は、そこに集まった従業員だという人の数を目にして固まった。

登壇者用の控室からも、ホールに従業員が整然と立ち並んでいるのが見えるのだが、その数に圧倒される。

俺たちが今いる中央講堂《セントラルホール》は、湖のあった部屋よりもずっと広いのだが、そんな部屋に所狭しと人が並んでいるのだ。

あれはおそらく、数百人程度じゃ利かないだろう。

数千？　いや、もっと？

とにかく、数え切れないほどの人が一ヶ所に集まっている。

にもかかわらず、会場は静寂そのものだった。

人の姿は沢山見えるのに館内で飼っているらしい鳥や動物の鳴き声が遠くから聞こえるばかりで、

本当に人がそこに居るのかと疑いたくなる程だった。

「この中央講堂《セントラルホール》には『時忘れの都』全館の従業員を集めております。館の機能の維持のための重要業務を担う常任職員に加え、各種設備の管理を行う技術職の者、日々の整備《メンテナンス》を行う者、必要な物品の取引を行う者、料理・娯楽といった各種サービスを提供する者、その下で働く臨時職の者――等々、全ての職員を合わせると数はおおよそ三万近くとなりますが、急遽《きゅうきょ》ここに集められたのはその三分の二程度、と言ったところでしょうか」

「なるほど。三分の二でこれか」

今さらながら、自分がとんでもない買い物をしたことを実感する。

確かに、言われてみるとこれだけ巨大な施設なのだし、表に出てこない裏方で働いている人も含めたら、きっとこれぐらいの人数にはなるのだろうが。

こんな数の人は王都でも見た覚えがない。

「これから彼ら全員に挨拶をするという話だが……後ろの方まで聞こえるように大声で話せばいいのか？　でも、あんなに遠くまで声が届く自信はないぞ」

「その必要はございません。中央に演台が御座います。そこに集音器《マイク》が御座いますので、そこに向かって通常の声量でお話しいただければ会場の隅々までお声が届く仕組みです。ちなみに、お姿も大きく映し出されますので立ち居振る舞いには十分、お気をつけください」

「なるほど。それは便利だな」

「では、登壇のご準備を。急遽、休日に呼び出しをかけて出席させている従業員も少なくありませんのであまり待たせるのはよくありません」

「わかった」

この国には色々と便利なものがある、と思いながら俺は挨拶の原稿を抱き抱えてリーンに向き直る。

「じゃあ、リーン。行ってくる」

「はい。私たちはここで待たせていただきます」

「原稿、本当に助かった。ありがとう」

「少しはお役に立てれば良いのですが」

俺は最後まで熱心に挨拶の原稿を仕上げてくれたリーンに一言お礼を言い、すぐに控室から広い講堂《ホール》の中に出て敷かれた赤い絨毯《カーペット》の真ん中を歩く。

　すると、会場に立ち並ぶ従業員の皆が一斉に頭を下げてくる。

　とにかく人数が多いためにそれだけで壮観だった。


「ノール様、こちらへ」

「ああ」


　メリッサの誘導に従ってとにかく広い会場の中を進み、中央にある塔のような場所の階段を少し登って演台に立つと、例の遠くの光景を映し出せるとかいう鏡に俺の姿が大写しになった。

　演台についた俺に皆の注目が集まるのを感じる。

　人の背丈の五倍ほどの高い位置にある台から辺りを見渡すと立ち並ぶ従業員たちの表情がよく見えるが、どうも皆、見慣れぬ人間が自分たちの前に立ったことで少し緊張しているようだった。

　俺の方はというと元々、人前で話すのはそんなに苦にならないし、あまり緊張しない方なのだが
……今回はあまりにも人の数が多すぎて、まずどこを見ながら話せばいいのか迷う。

　それと俺が立つ演台が思ったより高い場所にあり、下を見るとほんの少し怖い。

　だが、そんなことを気にしてもいられないのでとりあえず集音器《マイク》の位置を確認しながら前を見て、恐る恐る話を始めるが。

『……新・オーナーのノールだ』


まず、予想よりずっと大きく俺の声が会場に響いてしまい少し驚く。

メリッサに言われた通り、普通に会話するぐらいの声量で十分そうだった。

何も知らず、いきなり大声で話し始めたらとんでもないことになるところだった。

先に話を聞いておいて本当によかった……と思いつつ、今ので遠くにいる従業員にも聞こえたはずだが、誰からも反応がないのを不思議に思う。

が、よく考えると理由は明らかだった。

演台から見える従業員たちの表情は強ばり、会場にも怯えるような空気が漂っている。やはり、見知らぬ人間がいきなり自分たちに何でも命令できる立場になってしまった、ということで不安に思っているのだろう。

不安なのは俺も一緒だし、とりあえず変な命令はしないつもりなのでそこだけはわかってもらいたい、と思いつつ、リーンが一緒に準備してくれた演説原稿の一枚目をめくる。

『……色々とあって俺はラシードからここの経営者を引き継ぐことになった。成り行き上、いきなりここのオーナーにはなったが、あまり変なことは命令しないつもりだ。ちなみに、ラシードが言っていたように、確かに俺は魚は好きだが、それを獲らせるために人を一生船に乗せようなどとは思わない。そこもちゃんと安心してもらいたい』

後半部分は先ほどの部屋で不安そうにしていた黒服の従業員たち数人に対しての言葉だったので、ほとんどの従業員は全く意味がわからない、という表情をしていたが、当該の黒服の従業員たちはほっと胸を撫で下ろし、互いに笑顔で手を握った。

……本当にやると思われていたのだろうか？

『――それと。知っている者もいるかもしれないが、俺はこの国の人間ではない。だから、普通の習慣のこともよくわからないし、正直、この館のことは何もわからない。だから館長はこれまで通りメリッサにやってもらうことにした。皆には今まで通り、彼女の指示に従って働いてもらいたい。基本的には前と変わらないから、あまり不安には思わないでほしい』

多少の即興《アドリブ》も入ってしまったが、ここまでは意外といい調子で進めた。

少しの練習の割には上手くできている……と思いつつ、演台の上に載せた原稿をチラチラ見ながら話を続ける。

『────だが、少し変えたいこともあるので聞いてもらいたい。この中には借金を抱えたまま働いている者も多くいると聞いたが……メリッサ、例のアレを頼む』

『はい。ザザとリーア、前へ。オーナーが御質問の件についての御説明を』

『人事担当、ザザと申します』

『財務担当のリーアで御座います』

『まず、私ザザから申し上げます』


メリッサの合図で俺とメリッサの前に二人の女性が進み出た。

ザザと呼ばれた女性から説明を始める。


『現在『時忘れの都』職員として働く者三万一〇六五名の内、僅かでも借金を抱える者の総数は、当人事部が把握している限り一万二〇一四名となります』

『また、財務担当者として先ほどオーナーがご指摘になられた金額をお調べしましたところ、従業員全体の債務総額は利子を含めまして、七八億六九二七万ガルドとなっております。その全てを館の運営資金で賄うとなれば、かなりの損失計上となりますが、今回は全て経営者《オーナー》個人の資産からお支払いいただける、というお話を頂戴しておりますので、それならばなんの支障もございません』

『なら、それで頼む』

『かしこまりました』

俺たちが事前に決められていた簡単なやり取りをすると、二人はすぐに下がっていった。

彼女たちは俺とは初対面だが事前にメリッサからどんな話をするかは全て伝わっていたらしいので、スムーズだ。

当初、こんな面倒なやり取りはせず、単に従業員の抱えた借金を俺の余った金で帳消しにすることを考えていたのだが、かえって妙な噂が立たないよう、金の出所は皆の前で明らかにしておいた方がいい、というメリッサの意見でこんな風に人前でやることになった。

この方が俺に不安の感情を抱く従業員は少なくなるだろう、という計算もあるらしい。この辺りの流れは原稿を作ってくれたリーンとメリッサに全部任せている。

『――それと、ついでに言っておくが。もし、ここに集まっている者の中で他にも金に困っている者がいたら、俺か館長のメリッサに言ってくれ。今のように俺が出せる範囲で出す。金はまだまだ余っているから、遠慮しなくていい』

俺の一言で皆がぽかんとした表情になり、会場が少しざわつくが、そのまま原稿の文章の続きに目を戻す。

『それで、次だが。遊戯場の闘技場で戦っている者たちの中にも人によっては大きな借金を背負い、半ば無理矢理ここに連れてこられたという。彼らの今後についてのことなんだが――』

そうして俺は皆が注目する中、原稿を捲《めく》って最後のページを開こうとしたのだが。

（…………ん？）

どういうわけか何度めくっても、最後のページが出てこない。

というか、全部で三枚あるはずの原稿が手元に二枚しかなく、一番重要なはずの三枚目が見当たらない。

『――まあ、あれだ。多分、なんとかできそうだと思う。とりあえず』

「「「……多分……？」」」
「「「……なんとか……？」」」
「「「……とりあえず……？」」」

急に雑になった俺の演説に会場の皆は隣の者と目を見合わせた。

メリッサも俺に怪訝な顔を近づける。


「ノール様。原稿は？」

「たぶん、あそこに置いてきた」

「…………置いてきた？」


俺たちが出てきた控室の扉の前で、青い顔をしたリーンが肩を震わせながら原稿の最後の一枚らしき紙を持ち、こちらを眺めている。

そういえば俺が控室を出て行った直後、リーンが俺に向かってやけに大きな身振りで手を振ったり、ぴょんぴょん、その場で元気よく跳ねてみたり、時折、奇妙な振り付けのダンスのような動きをしてみたりと様子がおかしかったのだが。

あれは俺を励まそうとしてくれていたんじゃなくて、原稿《あれ》のことを伝えようとしていたのか。


（……まずいな）

急に話を中断してメリッサとこそこそ話し始めた俺を見て会場がざわつく。

あの原稿を一緒に仕上げてくれたリーンには悪いと思いつつ、もうあそこまで取りに戻れる気がしない。


「ノール様。原稿の内容はご記憶でしょうか」

「まあ、何回か練習したし大体は」

「仕方ありません。最後はご自身のお言葉でどうぞ」

「俺自身の言葉で?」

「ただし。ご発言はくれぐれも責任をお取りになれる範囲で」

「わかった」


俺は原稿のことは諦め、ほんの少し混乱を見せ始めた会場に向き直った。

『待たせてしまってすまない。用意した原稿を忘れてきたので、ここからは原稿なしで話す。上手く話せるかは自信がないが、でも大事なことだからちゃんと聞いてくれると助かる』

そうして辺りが静まるのを見計らってから俺は話を再開する。

『まず、最初に皆に言っておきたい。見ず知らずの俺が経営者になったからといって、あまり不安に思わないでくれ。俺は今後、ここにいる者と皆の家族を飢えさせるようなことは絶対にしない。俺が経営者でいる限り、誰一人として危険な目に遭わせるつもりはないから安心してくれ』

多少、細かい言い回しは違っているかもしれないがリーンが用意してくれた原稿もこんな内容だったはずだ……と思いながら話したつもりだが、メリッサは俺に疑わしげな目を向けた。

「ノール様。そんな約束をして大丈夫なのですか？」
「……今の、どこか間違っていたか？」
「概ね、所定の原稿通りですが……いえ、忘れてください。ご発言の責任をご自身でお取りになってくれるのであれば何も問題はありません」
「……？」

メリッサの発言がちょっと気になるが話を続ける。

『――それと。俺はここの誰一人、意に添わない仕事につかせたくはないと思っている。すぐには無理かもしれないが、今の仕事に不満がある者は言ってくれ。困っていることがあれば俺が必ず力になる。何かあれば遠慮なく、俺かメリッサを頼ってほしい』

話しながら皆の表情を窺うが反応らしい反応は無い。

皆、ぽかんとして会場は変わらず静かなままだった。

『まあ、ラシードから交代して変わることといえばそれぐらいだ。これから何かを大きく変えるとしても、ここにいる皆を困らせたり、不幸にするようなことは絶対にしない。俺が約束できることは多くないが、今言ったことだけは守れるようにと思っている。俺からは以上だ』

とりあえず言いたいことも言い終わったので、俺はさっさと演台を降りて元来た赤い絨毯を踏んで帰る。会場は何やらしばらく静かなままだったが、次第にざわつき始め、だんだんとあちこちで拍手が起きた。

一旦拍手が広がり始めると、あれだけの大人数なので建物の中に嵐でも訪れたのかと思うほどのすごい音になる。

轟音に背中を押されて俺は控室に戻った。

『――以上をもちまして、ノール新会長の就任挨拶を終了します』

館内に響き渡る放送音声《アナウンス》を聞きながら控室の入り口を潜《くぐ》ると、俺はまず振り返ってメリッサの顔を見た。


「あれで大丈夫だったか？」

「……一時はどうなることかと思いましたが。個人的には上々と言って差し支えないかと」

「そうか？」

「最後の発言は経営者の就任挨拶というより、どちらかというと具体性に欠ける日和見《ひよりみ》の政治家寄りの演説でしたが、むしろ、今回はそのほうがベターでした。結果的に疑念に揺れていた従業員の大半に希望を持たせ、大まかな不安を拭えた印象があります。とはいえ――あくまでもこの状況は一時的なものだとお考えください」

「一時的か」

「はい。今後はノール様が先程のご自身のご発言をどう守られるかという、実際の経営の手腕を問われることになりましょう……ですが、今回はまずその『当たり前』の状況にまで持っていければ上出来でした。ひとまず成功と言えるでしょう」

「なら、よかった」

メリッサが少し緊張の解けた澄まし顔になるのを見て、俺も少し緊張が解ける。

「ノール先生、お疲れ様でした」

そこにリーンが歩いてくるのが見えた。

彼女の表情も先ほどの不安そうな顔とうって変わって穏やかだった。

「リーン、せっかく原稿を準備してくれたのに忘れていってしまって悪かった」

「いえ。私が準備した原稿より、ずっとよかったと思います。さすがはノール先生です」

リーンのことなのでいつも通り多少お世辞も入っているのだろうと思うが、褒められると少し照れる。

「しかしながら、ノール様。くれぐれも先ほどのご発言の責任はご自身でお取りになられますように」

「ああ。もちろん、そのつもりだが？」

俺の返答にメリッサは少し変な表情をしたが、すぐにいつもの平静な顔に戻った。

「……では、これ以上私から申し上げることはございません。執務室に戻り次第、今後のご予定を伺っても？　これからの館の運営に必要な打ち合わせとリンネブルグ様御一行のスケジュールを調整せねばなりませんので」

「そうだな」

リーンは確か、この国の偉い人からサレンツァの首都に呼ばれているという。

俺はそもそもリーンの付き添いでこの国を訪れているので、そこを考えるとここに滞在できる時間はあと僅かだった。

自分自身が忘れかけていた都合にまで気を配ってくれるメリッサに感心しつつ、俺は皆と一緒に執務室に戻ったのだが。

俺たちより先に執務室にいる人物がいた。

「やあ。また会ったね、ノール」

「……ラシード？」

「さっきの演説、とてもよかったよ。なかなかの名演説だった」

執務室に入ると、ラシードが出迎えてくれた。

その後ろにはシャウザもいる。

「もう出て行ったんじゃなかったのか?」

「そのつもりだったんだけどね。ついさっき、『機鳥郵便《ゴーレムメール》』で僕宛に手紙が届いたんだ。それで君に相談したいことができた」

「俺に相談?」

ラシードはそう言って金属製の筒から小さく丸められた二枚の手紙らしきものを取り出し、俺に差し出した。

「これは?」

「一枚目は僕への出頭命令《呼び出し》の手紙。思ったより家族会議の結論が早く出たらしい」

「……サレンツァ家からの呼び出しですか?」

「ああ。本家から僕に出頭命令が出た。今回の件について詳しく事情を聞きたい、とね。まあ、僕についてはやったことに心当たりがないわけじゃないから、仕方ないと思っているけれど……実はノール。君にも出頭要請が出ている」

「俺にも？」

「ほら、それの二枚目さ。それを君に渡せって」

　言われた通りラシードから渡された紙の二枚目を広げてみると確かに俺の名前がある。それを脇から覗き込んだリーンが眉間に皺を寄せた。

「……確かに、これはサレンツァ家の紋章ですね。それも法的な拘束力のある命令書の様式です」

「その通りです。リンネブルグ様はよく勉強をされている。とはいえ、命令とはいえ別に嫌なら無視すればいい程度のものですが……あいつらからの誘いなんて、断ってもロクなことにはならないでしょうね。まあ、応じたところで悪いことが起きない保証はないですが」

「行って、俺は何か聞かれるのか？」

「この『時忘れの都』は一応、運営としてはある程度独立は保っているけれど、過去にサレンツァ家がそれなりの資本を投じている施設だからね。経営者となった君にも簡単な面接や資質の調査があるんじゃないかな」

「……なるほど？」

「どうだい？　出頭要請に応じるかい？」

「まあ、それがいいんじゃないか？　どうせリーンの付き添いで首都には行くことになっていたんだし……リーン。俺の用事もついでに済ませる感じになるが問題ないか？」

「はい、もちろん。向かう所は一緒ですので」

「ということは、これからラシードとも一緒に首都に行くことになるのか」

「そのようだね。でも、その前に――――」

「――――ラ、ラシード様ッ……!!」


ラシードの言葉を遮るように慌ただしく廊下を走る足音がする。

直後、大きな音を立てながら扉を開けて部屋の中に入ってきたのはクロンだった。


「き、緊急事態です！　どうか、こちらを――――！」

「違うよ、クロン。僕はもうここの経営者じゃない。君が報告をして指示を仰ぐべきはそっち」

ラシードに映像が映る板を差し出したクロンに、ラシードは笑顔で俺を指さした。

「ぐっ……！　オ、オーナー……！　こ、こちらをご覧ください……!!」

クロンが苦悶の表情で俺に差し出した『物見の鏡《スクリーン・ミラー》』と呼ばれている板切れには砂漠の風景が映し出されている。

「なんだこれは？」

「……襲撃です」

「襲撃？」

「……ゴーレムの大軍勢が、ここ『時忘れの都』に攻めてきているのですッ……!!」

言われてよく見ると、板切れに映る広大な砂漠の向こうに大きな砂煙をあげる沢山の何かの影が映し出されていた。

158　俺はゴーレムをパリイする

「その物見の鏡《タブレット》の映像では少し小さいね。メリッサ、皆に見えるように大きくできるかい？」

「はい。お待ちください」

ラシードに言われてメリッサが執務室の机の上にある突起物のようなものを弄《いじ》ると、次の瞬間、クロンの持ってきた板に映し出されていた映像と同じものが広い部屋の壁一面に大きく映し出された。

「へぇ。随分と、数が多い。初手でこんな大軍を寄越してくるとは恐れ入った」

映像が大きくなると砂埃の中に映し出されていた影の輪郭がよりはっきりと見えてくる。確かにそれはクロンの言う通り『ゴーレム』のようだった。

それを見て、ラシードがいつも絶やさない皮肉げな笑みが消える。

「……あの奥の方に映っているのは、前にラシードが獣人たちの集落に連れてきたのと同じゴーレムか？」

「ああ、大体は。でも、『時忘れの都』に割り当てられているゴーレム兵は常時警備用のものも含めて全部で千体ほど。対して向こうの数は少なく見積もってもその十倍はありそうだ」

「巻き上がった砂でよく見えないが……そんなにいるのか？」

「ああ。残念だけど質が同じなら当然、数が多い方が勝つ。ゴーレム同士を戦わせても勝負にはならないだろうね」

そう言って首を振りつつ、ラシードはどこかまだ余裕がありそうな態度だった。

「そもそも。なんであんなのが襲ってきてるんだ？」

「ま、理由ははっきりとしないけど、この『時忘れの都』の管理者が入れ替わったという情報は既にサレンツァ中を駆け巡っている。ここには珍しいお宝とか旨みのあるものがたくさん揃っているからね。『サレンツァ家』の権威が剝がれた今、野盗か何か素性の悪い奴らがお宝の匂いを嗅ぎつけて寄ってきたとしてもおかしくはない」

「つまり、あれは盗賊というわけか？」

「基本的にはそう思ってもらって問題ない」

「……ですが、腑に落ちません。ただの野盗があのような規模のゴーレムの軍隊を？　通常、ゴーレムの維持にはかなりの経費がかかるはずでは――――？」


背後に立っていたリーンが険しい顔で質問すると、ラシードは彼女に向かって微笑んだ。


「さすがはリンネブルグ様、御明察です。私の率直な印象を申し上げますと、あのゴーレム兵自体はおそらく私の弟たちが寄越したモノでしょう」

「……ラシード様のご兄弟が、ですか？」

「ええ。少なくとも、あのゴーレム兵自体の出どころは我が『サレンツァ家』で間違いないでしょう。他にあれほど充実したゴーレム兵を配備している者はおりませんので」

「では、なぜラシード様は先ほど彼らのことを野盗と？」

「あれは確かに、我が弟たちの兵隊です。ですが都合の悪いことを問い詰めたところで奴らは倉庫から盗まれたとでも主張するだけ。『サレンツァ家』に名を連ねる者は皆、そういった無茶を通す程度の権力《ちから》は持っておりますので。そういう意味で、こちらもあれらを『野盗』として処理してしまうのが後腐れなくてよろしいかと」

「なるほど、そういう意味ですか。しかし、となると彼らの目的は……？」

「奴らの狙いは第一には、私の命でしょうね」

「ラシード様の命？」

「はい。リンネブルグ様もご存知の通り、サレンツァの相続法によって『サレンツァ家』の長男である私は一族の財産の優先的な相続権を有しておりまして。この国には私が死ねば得をする者など山ほどおります。その筆頭が我が弟たちというわけですね」

「そういう、お話ですか」


リーンは改めて厳しい表情で壁一杯に映るゴーレムの姿を眺めた。


「このようなことにならないよう、私自身は早めに出ていく予定だったのですが……思ったより奴らの判断が早かった。本当に我慢がきかない弟たちです。待っていれば、こちらから出向いてやったというのに」

「本当にラシードの兄弟がここを襲ってきているのか？」

「ああ。あれに指図しているのは十中八九、僕と血を分けた弟たちさ。ま、腹違いだから血の繋がりは半分だけだけど」

「だったら、話し合いで止められないのか？」

「できればそうしたいところだけど。元々、僕らは仲が悪くてね。残念ながら彼らが話し合いに応じることはないだろう。それに見たところ、あのゴーレムたちには近くで指揮《コントロール》をしている者が一人も見当たらない。いずれにしても、今からじゃ手遅れだ」

「……どういうことだ？」

「馴染みのない君にも分かるように簡単に説明すると、ゴーレムというものは一旦命令《コマンド》を受けると次の命令があるまで半永久的に実行し続けるという器物《モノ》なんだ。つまり、近くに命令を下す操作者がいない、ということは、あのゴーレムたちは既にとある『命令』を受け、それを遂行する為に稼働しているということになるんだけど……あいつらの頭脳は大きな図体に対して小さくてね。そんなに複雑な内容は予定に組み込めない。となると奴らが受けた命令の内容も単純で、きっと『破壊』か『略奪』か『虐殺』か——大体、そんなところだと見当がつく」

ラシードの背後に映し出される映像の中でゴーレムたちは休むことなく歩みを進めている。大群をなす一体一体がよりはっきりと姿を現し、さっきより数が増えているようにも思える。

「……あれの全部が、ということか？」

「そうなるね」

「狙いはラシード様の命だけ、というわけではなさそうですね」

「おっしゃる通りです。奴らが他に欲しがるものがあるとすれば、この土地にある様々な利権・保管してある国宝級の宝物類に加え、異国から訪れている高貴な身分の女性の身柄――といったところでしょうか。どれも奴らにとっては大いに利用価値があるものですが、大っぴらに手に入れたと言いづらいものばかりですので」

「……有耶無耶《うやむや》にできる、ということですか」

「混乱の中で『野盗がやった』と適当な証言者さえ立ててしまえば、あとは好き放題できますので。仮にそれが叶《かな》わぬとしても、家から任された『時忘れの都』を壊滅させた私の無能さをあげつらう好材料とできるので、やった者勝ち……とでも考えているのでしょう。我が弟たちが好みそうなやり口です」


ラシードがにこやかに語る背後で、映像の中のゴーレムたちが刻々と『時忘れの都』に迫ってくるのが見える。


「というわけで、どうする、ノール？　今の経営者は君だけど」

「そうだな。ちなみにこういう時、ラシードだったらどうする？」

「……そうだね。前任者からは参考程度のことしか言えないけど、とにかく今回は相手の数が多いからね。『時忘れの都』に配備されたゴーレム兵は一般従業員たちの護衛に回すとして、残りの戦力であれにどう対応するか、って考えるかな。元々、ここにあった戦力じゃとても足りないし。となると、今の状況だとここにいる余剰戦力の誰かで迎え撃つのが賢明だと思う」

「余剰戦力？」

「要するに、君たちってこと」

　ラシードは楽しそうに目を細めながら、部屋の中にいる俺たちの顔を見回した。

「……そういえば、ノール。君はさっき従業員たちの前で『自分が経営者でいる限り誰一人危険な目には遭わせない』なんて面白いことを言っていたね。その前にも、僕が預けた大事な部下のメリッサのことは君が守ってくれるとも」

「確かに言ったな」

「なら、今回はまず君が行くのが一番良さそうじゃないかな？」

「……俺が？」

「そう。有言実行する経営者の姿を君の従業員に見せてあげるといい」

　笑顔でそんなことを言うラシードだったが、リーンは顎に手を当てて真剣な表情で考え込み、しばらくすると何かに納得するよう深く頷いた。

「────確かに。私たちの現状を考えると、それが最適な戦力配分ですね」

「……リーン……？」

「ラシード様のおっしゃる通り、無駄な犠牲者を出さない為にはノール先生お一人で前に出ていただくのが最善かと。私も先生にお力添えしたいのは山々ですが……未熟な私が重要な場面で先生の足手纏いになってしまったら、元も子もありませんので」

「……いや、一緒に手伝ってくれたら心強いんだが……？」

「……はい。私も一旦、そうしたいと考えたのですが、あの規模の軍勢です。私は極力先生のお邪魔にならないよう後方の役割に徹して、シレーヌさんやロロと一緒に一般の方の保護に当たるのが良いかと思います」

「……そうか？」

「もちろん、もし万が一にもノール先生に私たちの助けが必要になりましたら、力及ばずながら全力で支援《サポート》させていただく所存です」

「じゃあ……その時はよろしくな？」

リーンの理路整然とした物言いと勢いに押し切られてしまったが。

……あれ？

これってもしかして、俺が一人であれらを全部相手にする流れになってないだろうか。

「きっと、ノールなら大丈夫。頑張って」

不安でいっぱいの俺に、人の心が読めるロロはいつものような優しい笑顔で励ましの言葉をくれた。

俺としては以前ミスラに行った時に指輪から『魔竜《ララ》』を出して暴れ回らせたりしていたので、できれば今回もああいう感じのやつで助けてほしい……などと心の中で必死に訴えてみるも、ロロは「そんなのなくても大丈夫」という感じの苦笑いで返すばかりだった。

ロロの隣に立っているシレーヌならあるいは頼めば一緒に来てくれそうな感じもあったが……どうも、まだ本調子でない顔色だったので彼女には頼りにくい。

となると。俺の最後の希望は銀色の鎧を纏った彼女となるのだが。

「すまない、ノール殿。私の仕事はリンネブルグ様の護衛だ。一緒に後方で待機し、ゴーレムとの戦いで他の者が巻き添えを食わないよう気を配るようにする。悪く思わないでくれ」

「…………そうか。…………わかった」

「……そんな顔をするな。危なくなったら必ず助けに行く」

「本当だな？　約束だからな？」

俺の頼みの綱だったイネスもすぐには助けに来てくれるつもりはないらしい。

「大丈夫だよ、ノール。今回の襲撃の原因の半分は僕にある。こちらからも戦力としてシャウザを出そう。彼は前にゴーレムと戦った経験があるから頼りになると思うよ。ね、シャウザ？」

「……ご命令とあらば」

「そうか、それは助かるが」

シャウザは手伝ってくれるとは言うものの、改めて壁一面に映し出されたゴーレムたちの姿を見て不安になり、念を押すためにイネスに振り返る。

「────イネス。危ない時は、本当に頼んだぞ……？」

「本当に危なくなったらな。それより、あの男にはまだ気を許さない方がいい」

「シャウザのことか？」

「ああ。奴は得体が知れない。実力も未知数だ」

「……わかった。一応、気をつけておく」

イネスは目を細めてシャウザの横顔を見つめ、俺にアドバイスをくれたが。どうやら彼女にも俺のことはあまり心配してもらえていない様子だった。

……なぜ、こうなる。


「じゃあ、もうそろそろ、二人は向かった方がいい。敵はすぐそこまで迫っている」

「…………ああ。そうだな」

「頼んだよ。ノール、シャウザ」

「それでは、よろしくお願いします、ノール先生」

「……わかった。だが……いざという時は頼んだぞ？」

「はい。万一の場合には備えておきます」

「頼りにしているからな、リーン。本当に」

「────おい、何をしている。さっさと行くぞ」


不安いっぱいの俺をよそにシャウザはさっさと皆のいる部屋を歩いて出て行った。

俺もシャウザを追って部屋を出るが何度も振り返る俺を、もう誰も気にしてくれてはいなかった。

そうして俺は入り口の荷物預かり所の片隅に保管してもらっていた『黒い剣』を受け取り、シャウザについて足早に歩きながらゴーレムたちが見える『時忘れの都』の外れの砂漠にまでたどり着いたのだが。

「なあ、シャウザ？」

「なんだ」

視界を遮るモノが一つもない広大な砂漠に並んで立つと向かってくるモノの様子がよく見える。

地面から震動が直に伝わり、映像で見るよりもずっと迫力があった。

「あれを、本当に俺たち二人だけでなんとかできると思うか？」

「いや、思わん。全くな」

「そうか。実は俺も全く同じことを考えている」

迫り来るゴーレムたちを前にした俺とシャウザの考えはぴたりと一致した。

……なら、なんで俺たち二人はここに立っているんだろう？

いきなり重大な疑問が膨らんだ。

「……ラシード様は自分が気に入った者に過度な期待をしすぎる。だが無論、その全てに応えようとする必要はない。お前もどうやら俺と似たような立場らしいが、誰に何を言われようが無理なものは無理だ」

「そうだな」

「俺はひとまずやるだけやってみて、なんともならなければその時はこの街を捨てて主人を抱えて逃げようと思っている。お前がこれからどうするかは勝手だが、一つしかない命だ。よく考えて使うがいい」


シャウザは迫ってくるゴーレムたちを睨みつけつつ、至極もっともなことを言った。

どうも俺も最近、リーンに期待されすぎているような気がする。

そろそろ彼女の誤解を解かないと大変なことになりそうだと思っていたが、ずっとそのままにしてきてしまったのが今の状況を招いてしまったのかもしれない、と今になって反省するが、そんなことをのんびりと考えていられる状況でもない。

今まで姿が見えなかった新たなゴーレムが、地面からニョキニョキと顔を出すのが見えた。

「……今、地面からゴーレムが生えたように見えたんだが」

「奴らは砂の中に潜んで移動する。地上に見えている数が全てとは思わない方がいい」

「なるほど。その情報はもうちょっと早く欲しかったが……そういえばシャウザは前にもあれと戦

ったことがあるんだったな？」

「ああ。昔の話だ」

「その時はどうやって戦ったんだ？　見た感じ、かなり硬そうに見えるが……やっぱり見た目通りなのか？」

「そうだ。あれの装甲は並の刃物では通らない。前は弓で戦ったが普通の武器で貫くにはコツがいる」

「硬いのに矢が刺さるのか？」

「使う弓と引く力、狙う場所によってはな」

「なるほど」


ゴーレムの表面は見るからにゴツゴツしていて硬そうだった。

岩のような殻に覆われた神獣と戦った時を思い出すが、あれと比べればまだ柔らかそうだ。

上手くやれば矢も刺さるというし、見た感じ、大きさもせいぜい俺が知るゴブリンの二倍程度。

それなら、俺が使う『黒い剣』で力任せに叩けばいけそうな気もするが。


「シャウザはそんな相手によく勝てたな？」

「いや。その時は負けた。大勢で挑んだが全く歯が立たず、仲間は全滅。皆、あれにすり潰されるようにして死んだ」

「…………………………そうか。それは、残念だったな」

　会話をしているうちにだんだん、なんとかなるかもしれないと漠然とした希望を持ち始めていた俺だったが、シャウザの話を聞いてまた一気に不安になった。

「……一応、聞いておくがあれに弱点とかはあるのか？」

「弱点らしい弱点はない。半端に壊しても動力源の魔石から供給された駆動部の力が失われない限り、いつまでも動き続ける」

「じゃあ、そんなのどうやって倒すんだ？」

「奴らの関節を狙い、全ての手足を落とせば動き自体は止められる。だが、バラバラになっても死ぬわけではない。完全に動きを止めるには粉々に壊すしかない」

「なるほど。要は動けなくなるぐらいバラバラにするのが一番いい、ということか？」

「そうだ。そんなことができるのならな」

「…………ちなみに。あれの中身、食えたりするのか？」

「…………お前は何を言っている？　あんなモノ、食えるわけがないだろう」

「そうか。わかってはいたが、一応な？」

神獣と戦った時はプリプリの中身をなるべく傷つけないよう慎重に解体をする必要があったのだが。

とりあえず、今回はその心配は全くいらないということだけはわかった。


「────来るぞ」


いよいよ、ゴーレムの大群が目前に迫ってくる。

シャウザはリーンがたまに使っているようなゴツゴツした感じのナイフを片手に握った。

「ナイフで戦うのか？　前は弓で戦ったと聞いたが」

「この腕で弓など扱えると思うか？　こんなものは間に合わせの道具だ」

「…………なるほど」

隣で戦う男は片腕・片目でおまけに武器も間に合わせだという。

対して相手は硬い上に大量で、しかもバラバラにしなければ止まらないらしい。

もはや、俺の心は不安でいっぱいだった。

でも、あいつらの一体でも通せば後ろに被害が及ぶ。
というわけで――――隣のシャウザに倣《なら》い、やれることだけはやろうと思う。
とりあえず、やれるだけ。

「【筋力強化】」

俺は神獣を剥き身にした時のことを思い出しながら、全身に力を込めていく。
そして狙いを定めながら『黒い剣』を全力で握り締め、投擲《とうてき》の為の姿勢をとる。
ゴーレムという未知の相手が、どれだけ硬いのかもわからない。なので俺はとりあえず、目の前にいる俺の知るゴブリンの倍ほどの背丈のゴーレムめがけ、握り締めた『黒い剣』を全力で投げつけた。

「【投石】」

すると『黒い剣』の先端が触れた瞬間、ゴーレムが爆散した。

「……おおっ……？」

一体目のゴーレムを難なく破壊した『黒い剣』はそのまま空気を切り裂きながら回転し、低い唸りを上げてその後も全く勢いを衰えさせることなく砂漠を突き進み、その後方に居たゴーレム全てを爆散させていった。

そして、その次、そのまた次のゴーレムの群れと、俺が投げた『黒い剣』は触れたゴーレムを片っ端から破裂させていく。

最初、あの大群相手にどうなることかと心配したが……案外、簡単になんとかなりそうだった。

隣にいたシャウザも『黒い剣』が次々にゴーレムを爆散させる様子を見て、どこかほっとした様子だった。

「なるほど。あの鈍器は投擲用の武器か」

「鈍器？　いや、剣なんだが」

「……あれが、剣だと？」

「普段はあまりああいった使い方はしないんだが」

「……まあ、いい。ところで武器は他にもあるのか」

「いや、俺が持っている武器はあれだけだ」

「……？　唯一の武器をあんな風に投げて、これからどうやって戦うつもりだ」

「そういえば、そうだな……？」

俺とシャウザは『黒い剣』が遥か砂漠の彼方へと消えていくのを二人並んでじっと眺めていた。
そうして互いに無言で砂漠の彼方に消えていく剣を眺めた後、シャウザがゆっくりと俺に首を振り向け、疑わしげな目を向ける。

「……まさかとは思うが。今のは考えもなしに唯一の武器を力任せに放り投げ、それっきり。あとのことは全く何も考えてもいなかった、などと言うつもりではないだろうな？」

「————そうだ」

シャウザに今俺がやったこと全てを言い当てられ、特に他に付け足す言葉もなかったので俺はただ、コクリと頷いた。そして、確かに流石にこの状態はまずいなと思い、慌てて取りに行こうと脚に力を入れた瞬間————

「————チッ」

盛大な舌打ちと共に隣に立っていたシャウザの姿が消えた。

シャウザが立っていた場所から爆風が起き、衝撃で巻き上がった砂埃の中で目を凝らすと、遥か彼方に飛んでいく『黒い剣』に片腕の人影が追いつき、その手で剣を掴むのが見えた。

「……おおっ……!?」

高速で動く人影は重たい『黒い剣』をしっかりと掴み取ると空中でぐるりと弧を描くように振り回し、そのまま空高く放り投げた。

放り投げられた『黒い剣』は回転しながら晴れ渡った砂漠の空を飛び、その場で動かずにいた俺の手にぴたりと収まるような軌道で戻ってくる。

そうして、俺が一歩も動かないまま『黒い剣』を受け取った瞬間、彼方で剣を投げた人影が稲妻のような俊敏さで動き、同時にその周辺にいた数十体のゴーレムの手足が飛ぶ。

「……すごいな……?」

『黒い剣』を俺に投げ返し、ものすごい勢いで道中のゴーレムの手足を斬り飛ばしながら帰ってきたのはシャウザだった。

息一つ切らさず帰ってきたシャウザは俺の隣で立ち止まると、鋭い視線を俺に向けた。

「……少しは考えて戦え、と言いたいところだが。その武器は一体なんだ……？　重さが命の殴打武器とはいえ、そこまで重い物は初めてだ」

「いや、だからこれは剣なんだが？」

「……まだ、それが剣だと言い張るのか？　そんな刃が潰れたモノで、どうやってまともに斬るというのだ」


シャウザは片方しかない目を見開き、俺が手にする『黒い剣』を不思議そうに見つめた。

確かに一見するとこの『黒い剣』は剣には見えないとは思う。

誰に見せてもほとんどの場合は剣だと思ってもらえず、「平たい金属の塊」とか「焼け焦げた看板の残骸」とか言われたりするのが常で、良いので棍棒扱いぐらいのものだった。

冷静に考えると俺だって王都の側溝の掃除や、穴を掘ったり、杭を打ったり、水路の部品にする石材を削ったりと、とても剣とは呼べない使い方ばかりしている。

でも、俺にこれをくれたリーンのお父さん本人が「剣だ」と言っていたのだからこれは剣なのだろう。たぶん。


「……しかし、すごいな？　その小さなナイフでもちゃんと倒せるんだな」

「戦場に使えない道具など持ち込まん。だが、奴らを相手にするには明らかにその鈍器を活かした方が効率が良さそうだ」

「確かに、そうかもな。鈍器じゃなくて剣だが」


ともかく、俺が投げた『黒い剣』は、面白いぐらいにゴーレムたちを次々に爆散させて行った。

最初の不安からすると拍子抜けした感じだが、これなら、とにかく投げまくってさえいれば相手の数は減っていくだろう。


「――――この際、それが剣でも鈍器でもなんでもいい。もう一度、同じように投げてみろ。また俺が取りに行ってやる。ついでに片付けられる範囲で奴らを片付ければ少しずつでも数は減る」

「確かにそれが一番よさそうだ」

「……だが、わかっているな？　こちらはお前と違って片腕だ。次に投げるときは加減をしろ。その黒いのはあまりにも重すぎる」

「わかった。次はちゃんと調節する」


だが、【筋力強化】を使い剣を持つ手に力を込めながら、ふと思う。

シャウザは自分は片腕だから加減をしろとは言うが。

さっきのを見た感じだとまだまだ彼には余裕があったのでは？　という印象が拭えない。初見で『黒い剣』をあんな風に片手でコントロール良く投げ返してくれた人物など、俺は今まで会ったことはないのだ。

となると――――？

「【投石】――――あ」

そんなことを考えていたせいか、少し肩が温まってきた所で投げた『黒い剣』はさっき投げた時よりもずっと勢いを増して飛んでいった。手を離した瞬間にしまった、と思ったが、投擲と同時に走ったシャウザは『黒い剣』にあっという間に追いつき、またもや空中で片手で難なく摑み取ると、それを空中で豪快に振り回してから完璧な軌道で俺に投げ返した。

ついでに、ゴーレムの大群の間をすり抜けざま、あの小さなナイフで手当たり次第にそこにある手足を全て切り落としていく。

その手際は見事なものだったが、帰ってきたシャウザに俺は先ほどより鋭い目つきで睨まれる。

「……俺はさっき加減をしろと言った。なのに、なぜ勢いが増している？」

「悪い、ちょっと失敗した。でも、まだまだ余裕はありそうだな？」

「当然だ。常に全力で戦っていたら継続しては戦えない。奴らの数を一体でも多く減らすにはペースを考えて戦う必要がある」

「なるほど、そういう話か。でも――――」


足元が盛り上がる感触に二人一緒に飛び退くと、砂の中から今まで見えなかったとてつもなく巨大なゴーレムが現れ、早速、俺たちを叩き潰そうと極太の腕を振るってくる。

「パリイ」


振り下ろされたゴーレムの手を俺が『黒い剣』で打ち払うと、宙に跳ね返されたその腕をシャウザが根本から切り落とし、巨大な腕は轟音と共に砂の地面に沈む。

そのままの勢いでシャウザが胴体と脚を斬り離してバラバラにしたが、ほっと一息をつく間もなく、今度は少し離れた場所で同じようなゴーレムが次から次へとまるでキノコが生えるようにして増えていく。

どれも、さっきまで地上に見えていた奴らよりもでかい上に動きが疾《はや》い。

おまけに剣で腕を打ち払った感じからすると明らかに硬そうだった。

「あれは他のより強そうだが。手加減しても倒せる相手なのか？」

「────ち。『始原《オリジン》』もいるか……いや。もう、そんなことも言っていられなくなった。あれは他とはまるっきり『質』が違う」

「なら、次はもっと強めに投げたほうがいいな」

「……次こそ、受け取れなくても知らんぞ」

「そうならないよう頑張ってくれ」

「……ちッ。やるなら、さっさとやれ────もう無駄話をしている余裕はない」

「じゃあ、次────行くぞ」


そういうわけで早速、俺は思い切り力を込めて『黒い剣』を投擲《とうてき》する。

「【投石】」


剣が俺の手を離れると同時にシャウザの姿が消えた。

先ほどよりもずっと力を入れて投げた『黒い剣』は激しくうなりをあげて回転し、巨大なゴーレムたちに突き進んでいく。

空中で激しく回転する『黒い剣』に触れた瞬間、新しく現れた巨大なゴーレムたちは次々に粉砕されていくが、それでも剣の勢いが落ちることはなく。シャウザは小気味好く爆発していくゴーレムたちの間を駆け抜け、彼方で高速回転する黒い剣をしっかりと受け取ると、またもや俺の手元に正確に投げ返してくれた。
最初こそ不安で仕方がなかったが……この単純なやりとりを繰り返すことがだんだん、楽しくなってきている自分がいる。

「────おい、お前。何をニヤけている？」
「そうか？　そんなつもりはなかったが」

どうやら顔にも出てしまっていたらしく、シャウザに呆れられてしまう。

「案外、なんとかなりそうだと思ってな」
「……終わったと思っても、すぐに次が来る。気を緩めるな。その間抜けな顔のまま死ぬことになっても知らんぞ」
「そうだな。気をつける」

小気味好い音を立てて爆散してくゴーレムを見て、少し楽しくなってきてしまったが……今はあくまでも戦いの最中で、全くシャウザの言う通りだった。

だから、ここからはなるべく気を緩めない。

気を緩めず――――全力で、いく。


「【筋力強化】。【しのびあし】」


少し体を動かし、ほんのり体が温まってきて調子が出てきた俺は『黒い剣』を握る手により力を込める。俺が思い切り剣を握るとその衝撃で辺りの地面の砂が舞い散るが、多少荒く扱っても壊れたりしないこの剣は本当に心強い。

俺が剣を投げるのを覚えたのはごく最近で『神獣』を狩った時からだが、何度も同じことを繰り返すうち俺はだんだん『黒い剣』を投げるコツのようなものがわかってきた。

巨大なゴーレムたちが動きを止めた俺めがけて一斉に襲ってくるが、もうどうにでもなることはわかっているのでギリギリまで力を溜め込み、投げる剣がこれから辿るルートをじっくりと想い描き――


「【投石】」

そうして、思い切り投げつける。

『――――ガ』

すると一番手前のゴーレムが一瞬にして砂の粒のような破片となって弾け飛ぶ。

衝撃で二体目以降も粉々に吹っ飛び、後ろにいたゴーレムたちもまとめて同じように砂となって爆散した。

最初の印象で硬いとばかり思っていたゴーレムは案外、脆かった。

俺が投げた『黒い剣』が触れるだけで一度に数百の機械人形《ゴーレム》たちが爆散していく。

シャウザもうなりを上げて回転する『黒い剣』と並走しながら、同じぐらいの数のゴーレムの手足を飛ばしていき、ゴーレムの群れを抜け切ったところでまたしっかりと剣を掴み、危なげなく俺の手元に投げ返す。

向こうも同じことを繰り返すうち、重い剣の扱いに慣れてきた様子だった。

最初の時とは比べ物にならないほど力を込めて投げたつもりだが、全く問題にならないらしい。

それならば――――と、次は思い切って投げ方を変えてみる。

「【投石】」

剣の投擲を繰り返すうち、あのゴーレムはちゃんと当たればせいぜい俺の全力の三割程度の力で十分に爆散することがわかってきた。

なので、次は砂漠を進む速度は控え目に。

かつ、回転だけを強めるように調節して思い切り投げてみる。

すると『黒い剣』は長くその場に留まりながら回転するようになり、やがて周囲に小規模の砂嵐を巻き起こすと、より広い範囲を巻き込んで辺りのゴーレム全てを吸い寄せた。

『――ゴ、バァ――――？』

『――……ギ……ガ……――ガ！』

『――……ギャ、ギャリギャリギャリギャリ……――ギャ』

巨大なゴーレムたちが嵐に吸い寄せられ、中心で回転する『黒い剣』に次々と破砕されていく。なすすべもなく嵐に巻き込まれ奇妙な悲鳴のような音を立てて剣にゴリゴリと削られていくゴーレムたちの姿は少し可哀想にも思えたが……奴らは放っておけば人に危害を加える命令を受けているというし、可食部もないのでこの際、仕方ないだろう。

より広い範囲のゴーレムを一度に倒すことができるようになったことで、良しとする。

しかし、あれは流石にシャウザでも取りにくいかもしれない……と投げた後になって気がついたが、それでもシャウザは無言であの激しい砂嵐の中に飛び込み、『黒い剣』を見事にキャッチして俺に投げ返してくれた。

……戻ってきたとき、かなり文句は言われたが。

でも、俺が難しいと思った投げ方でも難なく返してくれることがわかった。

そうなると、もうあとは完全に作業だった。

それからは俺がひたすら思うままに投げ、シャウザにキャッチしてもらい、また俺が投げるの繰り返し。

たまに俺たちの脇をすり抜けて街の方に飛び出しそうになるゴーレムもいたが、俺とシャウザで一緒に追いかけ、一体残らず粉々に叩き潰していく。

「やっぱり、なんとかなりそうだな」

「……そのようだ」

最初はどうなることかと思ったが、案外、ラシードとリーンが言った通り二人だけでもなんとかなりそうだった。

そうやって無心で作業を繰り返していると、気がついた時には襲撃してきたゴーレムたちの姿は全て消え、砂漠は一面、砂色の残骸ばかりとなっていた。

159　中央講堂《セントラルホール》にて

館長命令で再び中央講堂《セントラルホール》に呼び集められた『時忘れの都』の従業員たちは、見慣れているはずの講堂《ホール》の巨大な『物見の鏡《スクリーン》』に映し出されているものを目にして困惑した。

「あれは……ゴーレム？」
「なんで、あんなに……？」

見慣れた広大な砂漠の向こうに、巨大なゴーレムが群れを成している。
状況を何も知らされていなかった従業員達はその不穏な光景に息を呑んだ。
誰一人、何が起きているかわからなかったが、館長より講堂《ホール》より一歩も出ないよう厳命されている為に従業員達は他にできることもなく、ひたすらその不気味な映像を眺め続けていた。

「……あそこに立っているの、ノール新会長じゃないか？」

「確かにそうだ。隣にも誰かいるな。あの黒服は『時忘れの都』の職員か？」

「あれは前会長のラシード様付きのボディーガードだ。館の廊下ですれ違ったことがある」

「でもなぜ、あんな危ない場所に会長が？」

「多分、相手との交渉……じゃないか？」

「あのゴーレムの大群と何を交渉するっていうんだよ」

「……さあな。だが会長ご自身が向かうとなればそれ以外ないだろう」

「そもそも、あのゴーレムの大群の目的はなんだ？　あんなものが何故、我々の『時忘れの都』に向かっている？」


映像の中にぽつんと並び立つ二つの人影を見つけて騒然とする講堂内に、広い入口を埋め尽くすような人の群れが雪崩《なだ》れ込んでくるのが見える。

どうやら『時忘れの都』周辺の商業街の者までが連れてこられているらしかったが、中には大勢の子供を連れていたり赤子を抱いている者までいる。


「……館の外の住民までここに入れているのか？」

「やはり、あのゴーレムたちがここに向かってるってことなのか」

「どうして、そんなことに？」

「北の国境あたりで戦争でも起きてるんじゃないのか？　ここは一応、通り道だろう」

「そんな戦争の噂は聞いたことがないが」

「……なんだ、この揺れは」


床から伝わる震動で『時忘れの都』全体が揺れているのがわかる。

その揺れは人々の頭上で大写しになっている砂色の巨人達の行進とぴたりと重なり、それは次第に大きくなっていく。

どういう理屈で今のような状況があるのか、誰にもわからない。

でも、『物見の鏡』の中に犇《ひしめ》く石の怪物がこれからここにやってくるのは誰の目にも明らかだった。そしてここで長く働く者たちは皆、富裕層向けの地方の娯楽施設群にすぎない『時忘れの都』には、砂漠の向こうで足並みを揃えて行進する大量のゴーレムに対抗できる戦力などあろうはずもないことを知っている。

最悪の事態を想像した者が、その日、自分の人生が終わる覚悟を決めたのも無理のない話だった。

だが――――その覚悟は結局、全くの杞憂に終わった。

その場に集った全員が次に『物見の鏡』に映し出された光景に目を丸くすることになった。


「なんだ――――あれは？」

新会長、ノールが手に持っていた黒い棒のような何か。

それが会長の手元から忽然《こつぜん》と消えたかと思うと、砂漠の奥に広がる数十体のゴーレムが爆散した。

途端に映像が砂埃に覆われ、少し遅れて耳を裂くような爆音が館外から響き、『時忘れの都』の強固な建物がひび割れるほどの激しい衝撃が人々が集う中央講堂《セントラルホール》を襲う。


「……今、何が起きた……？」

やがて、その激しい揺れがおさまると、そこに集った従業員たちは困惑した表情で自分たちが今見たことを口にした。


「……なあ。今、会長が何か投げたように見えたんだが」

「……もしかして、戦ってるのか？　あのゴーレムと？」

「まさか、会長が？　そんなはずがないだろう。あの数相手にたった二人で挑もうなんてどう考えても正気の沙汰じゃない」

「そうだ。きっと、どうにか話し合いに持ち込もうとして失敗したんだ」

「……今ので二人ともゴーレムに潰されてしまったに違いない」

「────ちょっと待て。じゃあ、今映ってるあれはなんなんだ？」

「ゴーレムの、腕が……飛んでる？」

舞い上がった砂埃に覆われた映像は、朧《おぼろ》げな影のようなものしか映さなかった。

それでも一見してゴーレムとわかる影が一斉に一人の人物に向かって襲いかかる様子が見え
────次の瞬間、その巨大な手足が宙に舞う。

砂嵐の上に映し出される、まるで子供向けの影絵劇のような映像を人々がじっと見守る中、人の形をしていたゴーレムの影が腕、脚、胴体と綺麗に部位別に分けられ、バラバラと散っていく。

「……何だ。あそこで何が、起きている……？」

そこにいる誰一人、自分たちが見せられている映像の意味を正確に理解できた者はいなかった。

でも、あの砂塵の向こうでは確かに何かが起こっているのはわかる。

あそこにいる人物が誰かということも。

砂にまみれた映像は時折、その姿を明瞭に映し出す。

「────ノール、新会長？」

巨大なゴーレムに囲まれながら砂の上に平然と立っていたのは、つい先ほど従業員たちの前で幾つかの『約束』をした人物だった。

人の脆弱な身体を圧し潰さんと巨大なゴーレムは太い二本の腕を真っ直ぐに振り下ろすが、当の狙われた人物は手にした黒い何かでそれを易々と打ち払い、次の瞬間、無防備になったゴーレムの太い腕が胴体を離れて宙に舞う。

『時忘れの都』の新しい会長となった男はそんな形を変えていくゴーレムたちの姿を冷静に見つめながら、ゆっくりと手に持つ黒いものを頭上に構え――――再び、それが消えた。

すると砂漠の奥で列を成していた巨大な人形《ゴーレム》たちが一斉に爆散し、映像の視界は再度砂埃で覆われる。


「まさか、本当に戦っているのか？」

「会長ご自身が、か……？」

「でも、そうとしか見えないだろ……？」

従業員達の目は講堂《ホール》に設置された『物見の鏡』に釘付けになっていた。

しばらくの間、そこには砂埃以外の何も映し出されなかった。

だが時折、風で砂埃が晴れる。

その度に破砕され瓦礫《がれき》となったゴーレムが画面いっぱいに映し出され、そうかと思うと『時忘れの都』全体を揺らすような地響きが鳴り。

すると再び『物見の鏡』は白い砂埃以外何も映さなくなってしまった。

だが、そこで誰が戦っているのかは最早、疑いようもなかった。

就任したばかりの新会長、ノール。

つい先ほど「自分が会長でいる間、従業員を誰一人、危険に晒さない」と誓った人物だった。


「————本当に、凄まじい。まさか彼がここまでとは……あの二人であれば何も心配はいらないだろうと思ってはおりましたが、想像以上です。本当に良い従者を見つけられましたね、リンネブルグ様」


殆どの従業員たちがまるで白昼夢を見ているかのようにポカンとした表情で『物見の鏡』が映し出す異様な光景に目を奪われている中、ずっと満足そうに笑みを浮かべていた男は隣に佇む少女に親しげに声を掛けた。

だが、少女は険しい顔のまま頭上の映像を眺めながら、振り向かず返事をした。

「ラシード様。誤解されているようなので、一つ、お伝えしておきたいのですが」

「なんでしょう、リンネブルグ様」

「ノール先生は厳密には私の『従者』ではありません。この国に入国する手続き上、先生のことを私の『付き添い』として扱わざるを得ませんでしたが……元々、クレイス王国内に於いて、私たちは全く逆の関係です」

「……へえ？　逆、ですか」

「はい。言ってみれば、私がノール先生の従者なのです。現状は許可をいただき、『弟子』という扱いにしていただいてはおりますが」

「なるほど、クレイス王国ではそういうこともあるのですね。お父上もご公認という事ですか」

「はい。何度も国を危機から救ってくださっているノール先生ですので、父も私が先生から学ぶべきことは多いだろうと」

「面白い。さすがはレイン君が育った国だ……ますます、興味が湧いてきましたよ」

　少女は楽しそうに語る男にちらりと視線を送りながら、再び頭上の映像に目を戻し、片腕の獣人を追った。

「それにしても……凄いですね、シャウザさん。『黒い剣』をあんな風に扱える人が、父とノール先生以外にもいたとは驚きです」

「まあ、シャウザなのでね。彼は無口と無愛想が玉に瑕《きず》ですが、あれもなかなか頼り甲斐のある男ですよ――とはいえ、リンネブルグ様？　今回の件、貴女の部下の【神盾】を出せばもっと早くに片が付いたのでは。それこそ、ほんのひと薙ぎで」

男は一向に自分に向き直ろうとしない少女の横顔を見つめながら、わざとらしく首を傾げて見せた。

「おっしゃる通りです。ですが、仮にあのゴーレム兵の中に人が一人でも交じっていた場合、彼女に要らぬ負担を強いることになります。私はそれを望みません」

「それはそれは。リンネブルグ様は本当に部下にお優しい。私も見習いたいぐらいです」

「その点、ノール先生であれば私が心配する隙など何処にもありませんので――あの程度の相手でしたら、全くお話にもならないでしょうから」

少女の言葉を証明するように、二人の頭上の映像の中で大量のゴーレムが破壊されていく。

国内の最高戦力の一角があっけなく潰《つい》えていく映像と、その異様な光景を見ながら一切表情が揺らがない少女の様子を交互に眺めながら、男はまた嬉しそうに笑う。

「あの程度、ですか。ああ見えて、この国の軍事力のかなりの部分なのですがね――それにしても、私はつくづく運が良い。あなた方という得難い知己を得ることができたのですから」

「……すみませんが、私はまだ貴方を信用したわけではありませんので」

「では、こちらは引き続き信用を得るための努力をいたしましょう。我々商人にとって、信頼こそが何よりの財産ですから」


そう言って一層楽しそうに微笑む男に少女は少し目を細めると、砂埃しか映さなくなった『物見の鏡』にくるりと背を向けた。


「私は引き続き、館の外に出て警戒にあたります。万に一つの可能性とはいえ、ノール先生が敵を撃ち漏らした時のことも考慮に入れなければなりませんので」

「ええ。お手数おかけしますが、外のことはお任せしましたよ、リンネブルグ様。この都の警備担当の者だけでは少々、頼りないものですから」

「メリッサさん、館内のことはお任せします」

「承知しております。お任せを」

少女はそれ以上、彼らと言葉を交わすことなく消えるようにその場を去った。

男は少女の気配が完全になくなったのを見届けると大袈裟に肩を竦《すく》め、隣に立っている黒服の女性に微笑んだ。

「やれやれ、とんでもないお姫様だと思わないかい、メリッサ。今の見た？」

「はい」

「さっきの会話中、彼女はずっと『時忘れの都』周辺の人の流れをお得意の『スキル』で追っていた。あれは確かクレイス王国の【隠聖】カルーが得意とする【探知】、だったかな？　おまけにご親切にも僕らから見えるようにしてくれていた」

「……はい。というより、彼女は私達が何か妙なことをしないか監視しに来た、という風に見えました。あれは彼女には常にあのように視えているという軽い警告のようなものでしょう」

「そうだね。残念ながらまだ僕らは信用されていないらしい」

「それは当然の成り行きかと」

「僕は今ので、ますます彼女のことが気に入ったよ。かなりのお人好しだと聞いていたけれど、少なくともただの世間知らずのお嬢様ではないらしい――――それに彼女は最初からこの事態を危機ではなく機会《チャンス》と見做《みな》している。この講堂の『物見の鏡』にノールを映すのだって、彼女のアイデアだしね。さすがはレイン君がいつも自慢げに語っていただけはある」

いつになく上機嫌で語る饒舌な主人を横目に、黒服の女性は小さなため息をつく。

「……現状、私たちはその優秀な彼女に睨まれているわけですが」

「それじゃ、僕らはこれ以上彼女のご機嫌を損ねないよう任された仕事をちゃんと納めようじゃないか」

「はい、もちろんそのつもりです」

「とはいえ。この分だとその必要もなさそうだけどね」

「そのようです」


しばらくの間、館の中は不気味な程静まり返っていた。

誰もが危機を感じ取り乱しても良いはずの事態にもかかわらず、誰一人、その場から一歩も動こうともしなかった。

従業員たちは皆、先ほど自分たちの前で演説をしたばかりの新会長が巨大なゴーレムの攻撃を次々に打ち払い、破壊していくという出鱈目《でたらめ》としか思えない映像に目を奪われて立ったまま動けずにいた。

それは控えめに言って作り話か冗談としか思えない光景だった。

先ほど就任したばかりの新会長が何か黒い物を振るうたび、サレンツァ国内で最強の戦力と言われている『始源』のゴーレムたちが同時に数十体は爆発する。

そのあまりにも一方的な戦闘行為、のようなものは長い間繰り返されていたが、砂漠の真っ只中に佇む当の会長は傷一つ負う様子はなく常に平然と立っている。

それは彼を遠くから見守る従業員たちに微塵も不安を感じさせない姿だった。

だが次に会長がその黒い物を投げたとき、従業員たちはそこで更に信じられないものを目にすることになった。


会長に投げられた黒い棒状の物体《モノ》を中心にして、巨大な竜巻が発生した。

そうして大量に舞った砂が強烈に渦巻く風に吸われ、急に映像が鮮明になったかと思うと砂塵を巻き込んだ竜巻は見る間に巨大化し、砂漠を覆わんばかりに立ち並んでいたゴーレムたちをまるで木の葉のように吸い込んでいく。


「────嘘、だろう────?」

全従業員の目の前で、並ぶもののない脅威であるはずのゴーレムたちがなすすべもなく砂嵐に吸い込まれ、中心で回転する黒い何かに瞬く間に削られ、砕かれ、次々に細かな破片となっていく。

その冗談ですらあり得ないような異様な光景を眺めるうち、従業員たちは自分たちに向かってきていた脅威はもうとっくに脅威ではないのだ、ということに気がついた。

自分たちは今、あの異常な戦いを繰り広げる人物に護られている。

先ほど自分たちの前でいくつかの不合理とも思える『約束』をした会長に。

確か、その人物は先ほどこう言った。


──『自分がここの経営者である限り、皆の身を一切危険に晒すつもりはない』と。


あの時、その言葉を信じた者は誰一人いなかった。

権力者が華やかな演台に立てば誰もが美辞麗句を述べたがる。それは通常守られる予定のない、ただの耳触《ざわ》りの良い言葉の羅列でしかなかった。聞こえの良い言葉ほどまともに守られた試しはなく、信じるに値しない無駄なものだと皆が経験上、知っている。

彼ら、社会からあぶれ行き場を無くした者達で構成される『時忘れの都』の従業員は何よりもそのことを実感し理解していた。

サレンツァ家を始めとした特権的な地位にある者は普通、自分たちのような下々の者を替えのきく部品としてしか扱わない。多くの者は彼らにとって自ら危険を冒してまで守る価値のない存在であり、利益を出さぬ者であればいつでも切り離されて捨てられるのは当然のことだった。

そんな自分たちを、「ただ働いているだけ」で無条件で守ってくれる？

そんな甘い現実などあり得ないと、この国に生きる者なら子供だって知っている。


――それなのに。

新しく経営者《オーナー》となった人物が実際に行っていることに従業員たちは皆、困惑した。

彼は言葉の通り自分たちを押し寄せる恐怖から守ろうとしている。

それも、あろうことか自ら最も危険な場所に赴き、訪れた脅威を己の手で直に薙ぎ払い、今も皆の目の前で力任せに次々に打ち砕いている。

そんな常識ではとても考えられない後ろ姿を眺め続けるうち、従業員たちの胸に新たな疑問が湧き上がった。

あの人物は今、自身が口にした約束の一つを守ろうとしている。

ならば、他の約束は？

――と。


従業員たちは彼の『口約束』の内容を思い出す。

どれもこれも夢物語としか思えない現実味のない絵空事。

でも、どういうわけか今は誰一人、あの人物がその約束を破ろうとする姿を想像できなかった。

何故ならたった今、一番実現が困難であろうはずの約束が彼自身の手によって果たされようとしているのだから。


皆、これからも何も変わらないと思っていた。

経営者《トップ》が入れ替わったところで、何もせず搾り取る者から理不尽な命令を下され過酷な労働をこなす日々は変わらない、と。

流浪の末、辿り着いたこの『時忘れの都』は幾分他の街よりましだった。

故に今以上は望まず、甘い未来を夢想することを止めて明日を諦めることにしていた。

事実、これまで強い立場の者に媚びへつらい理不尽な仕打ちに耐えることが、彼らが上手く世を渡り生き延びるのに何よりも重要なことだったから。

その強者の最たる者が『サレンツァ家』であり、誰も並ぶことが不可能なほどに肥大化した権力がさらに莫大な資産を吸い寄せ、より手の負えないものに膨張していく過程を誰しもが諦めの感情で眺めていた。

その力の源が世代を超えて蓄えた膨大な資産と、それを支え続ける強大な暴力、『ゴーレム』に他ならないことを知っていたから。

だから、その支配は今後絶対に揺るがないだろう、と。

誰一人、彼らに逆らうことは許されないのだ、と。

誰もがそう思っていた。


だが、その支配の象徴である石の人形達《ゴーレム》が次々に破壊されるのを見て、皆の心は揺れ動いた。少なくとも目の前に迫った脅威を黙々と薙ぎ払う新しい『経営者』の姿は、その場にいた全員にこれから押し寄せる大きな変化の兆しを感じさせるに十分なものだった。


やがて映像の中で砂塵に満たされた風が止む。

砂で白んでいた空は以前よりも青々と晴れ渡り、広大な砂漠は一面、機械人形《ゴーレム》の残骸だけになっていた。

そこに立つのは片腕の獣人と黒い何かを持つ人物の二人だけだった。

片腕の獣人はその場からすぐに歩き去り、もう一方の残された人物も衣服についた砂埃を軽く手ではたき落し、『時忘れの都』の方角に向かってゆっくりと歩き出す。

その姿には傷の一つすらついていなかった。


「――――会長が、お戻りになられるぞ」

まるで小さな庭の草刈りか何かを終えただけのような穏やかな表情の人物が、先ほどまでゴーレム達を粉砕していた黒い何かを肩に載せ、ゆったりとした足取りで戻ってくる。

講堂に掛かる『物見の鏡』でその姿を見た従業員達は、そのまま誰に指図されることもなく、整然と列をなして戦い終えたばかりの新たな主人の帰りを待った。

160　滅びの足音

国土の全てを支配下に置く一族の名を冠し、国内のほとんどの富が集約される街、『首都サレンツァ』。

壮麗な装飾が散りばめられた建物が立ち並び、都の中心部の広大な森のような庭園の中、日差しを受けて眩しく輝く並外れて巨大な純白の屋敷が聳《そび》え立っている。

そこだけまるで別世界と呼べそうな宮殿のような建築物の一室で若い男が二人、赤い果実酒の入った金の盃を並べて楽しそうに笑い合っている。

「――――ははっ、いかにもラシードらしい終わり方だったな。ここまできて、つまらない賭博《ギャンブル》で破産とは」

「本当にあいつらしい無様な最後だったよね、アリ兄さん」

神経質そうな若い男に、多少贅肉《ぜいにく》がつきすぎた感のある少年が嬉しそうに相槌を打つ。

共に頬を赤く染め、饒舌に語る二人は兄弟であった。

一方の細身の男はサレンツァ家の次男、アリ。

もう一方はその二つ下の弟、ニード。

彼らは酒の入った金色の盃を掲げ、その日、何度目かになる祝杯をあげていた。

「前代未聞だよ……自分から仕掛けた『裁定遊戯《トライアル》』で十一兆も負けたって？　はは、手持ちの駒《ディーラー》にろくな奴がいなかったんだろうねぇ」

「絶対に勝てると思い込んでいたんだろう。挙句、あんなに観衆を注目させて大負けだ」

「おかげで、あいつが『徴税官』なんて下民みたいな仕事をしてまでしがみついていた『時忘れの都』の経営者《オーナー》の座まで人の手に渡ったって？　そんなの末代までの笑いぐさだよ。あいつの存在は僕らサレンツァ家の栄光ある歴史から抹消すべきだと思う」

「そうだな。これ以上、家の恥を晒さないようにあいつの負け分はサレンツァ家《うち》で引き受けることになったそうだが……何故、あいつの失敗を我が家が負うかは疑問だな」

二人が空になった盃をテーブルに置くと、傍に立つ使用人が赤い果実酒を注ぐ。

兄のアリはすぐさま奪うようにその盃を手にすると、窓の外に広がる広大な庭園を眺めながら一気に飲み干し、ため息をついた。

「だが一応、あいつも法の上ではサレンツァ家の一員だ。子の借金は親が持つという法がある……まあ、我が家にとっては大して問題にならない額だし、世間体を重視したんだろう」

「僕なんて、子供の頃にうっかり二兆ぐらい使い込んだことがあるけど父様は笑って許してくれたしね」

「あの時は流石に母様が怒ったがな」

「でもほんの少しの罰だけで許してくれた」

「ああ、俺たちは家族だから助け合うのは当然のことだ」

一般の庶民ではその一滴すら口にすることが叶わない上質な果実酒が注がれた盃を傾け、二人の兄弟は昔を懐かしむように笑い合う。

「……でも、あいつは違う。とても同じお父様の血を引いているとは思えない。物分かりが悪いし考え方が野蛮すぎるよ」

「あいつの片親は何かの間違いで父様の目に留まってしまったような、どこの家の出かもわからない低俗な女だ。上流商家の令嬢だった母様とは何もかもが違う」

「そもそも、なんであんな奴が未だに僕らの『兄』扱いなんだろう？　いくら曽祖父《ひいおじい様》の代に定められた厳格な法とはいえ、父様すらあいつのことを疎《うと》んでいるというのに」

「父様が過去に一度は認めてしまった以上、あいつは父様の子で俺たち兄弟の『長男』なんだそうだ。とはいえ、あんな奴に優先相続権があること自体がおかしな話だから、親戚中の皆が不満を持っている。政治家たちを使って正攻法で法を改めるのも時間の問題だっただろう」

「でも、今はその法律があって本当によかったと思うよ」

「ああ。要はどんな法律も使《どうぐ》いようだ」

「本当に良かったよ。単にあいつが死にさえすれば、あいつに割り当てられる予定だった父様の遺産が丸々、アリ兄さんのものになる」

「終わりよければ全てよしってやつだな」


兄弟は再び盃を打ち合わせ、満足気な笑顔を向き合わせた。


「今はラシードの奴に感謝すらしている」

「家族会議でも親戚中が喜んでいたよ。やっとあいつが破滅してくれたって。これで話のわかるアリ兄さんが優先相続者になってくれればこれからのサレンツァ家はずっと安泰だね」

「――あらあら、二人とも。随分と楽しそうなお話をしていますね。私も仲間に入れてくださいませんこと？」

広い部屋の入り口から鳴り響いた甲高い声に、二人の兄弟は一転して緊張した面持ちで立ち上がり、豪奢な宝飾を施した衣装を身に纏った女性に向き直った。

「母様、来てくださったのですね。急なお招きに応じてくださり、ありがとうございます」

「ふふ、当然でしてよ。私の可愛い息子たちが楽しい鑑賞会を用意してくれたと聞いたら、三下の政治家どものパーティーになんて出席している場合ではありません。今日の予定は全てキャンセルして参りましたわ。ゆっくり、家族水入らずで過ごしましょう」

「はい、母様」

兄弟に母、と呼ばれた女性は用意された椅子に優雅な所作で腰掛ける。

そうして使用人が緊張で手を震わせて大奥《彼女》様専用のティーカップにお茶を注ぐのを細目で視界に入れながら、声を小さく落として言った。

「そうそう。そういえば聞きましたよ。アリ、ニード。貴方たちに家から預けられていた『始原』のゴーレムですが……その全てを『時忘れの都』に向かわせたそうですね？　いったい、誰の許可を得て、そんな大胆なことをしたのですか」

「そ、それは――――？」

和やかな雰囲気から急に声が低く落ちた母の声に兄弟は思わず息を呑んだ。

母は二人の雰囲気を見て取ったのか、口元から離したティーカップを音一つ立てずにテーブルに置くと、作り物のように綺麗な笑みを浮かべながら怯える兄弟に向き合った。

「――――あらあら。どうして、そんなに困った顔をするのかしら？　私は何も貴方たちを責めているのではありませんのよ？　むしろ、とても大胆で有意義なことをしましたね、と褒めているのです。あのラシードを討ちに向かわせたのでしょう？　素晴らしいことではありませんか」

二人の兄弟はどうやら彼女が自分たちに怒りを向けているわけではないことを察すると、ほんの少し表情を緩ませ会話を続けた。

「……その通りです、母様。一族の会議ではラシードを首都に招くことが決まりましたが、あいつが本当に首都に足を運ぶことを望んでいる親族など一人もおりません。むしろ、何かの事故で死んでくれた方が良い、と考える者の方が圧倒的多数です。ならば、いずれ『サレンツァ家』を継ぐ者としてはその願いを叶えるのが責務かと思いまして」

「それで、貴方たちは即座に全てのゴーレムを向かわせた、と。もちろん、あれが私たちの『富』を下支えする重要な資産であるということは理解していますね？　本当に大事なものにはお金などには代え難い価値があるのです」

「はい。ですから、全てのゴーレムを差し向けるかどうかは難しい決断でした。しかし、王獅子鳥《グリフォン》は砂鼠を狩るにも全力を尽くす、というではないですか。これから得られる利益を考えれば多少のリスクは取っても致し方ないかと」

「――――さすがは、我が息子たち。ライバルを蹴落とすチャンスを見逃さないのは商人としてとても大事な資質です。アリ、ニード。貴方たちはサレンツァ家を継ぐ者にふさわしい、とても素晴らしい決断をしたのです。お父様もきっと御喜びになることでしょう」

「ありがとうございます、母様」


母が心から満足そうな笑みを浮かべると、三人の間に流れる緊張を孕《はら》んだ空気がほんの少し和らいだ。


「ところで。鑑賞会の他にもお楽しみがあると聞きましたが」

「はい。おい、あれをご用意しろ」

「――――は」

アリが控えていた使用人に合図をすると、すぐさま奥の廊下から部屋に料理が運ばれ、三人のテーブルの上に置かれた皿の蓋が上げられると分厚い肉の塊が顔を出す。

「あら、素敵。これは何のお料理でしょう?」

「今日は母様のために特別な豚を使った料理をご用意いたしました」

「……豚、ですか」

「私たち兄弟が自ら良血統の選別を重ね、専門の飼育職人を雇って最上の餌を使わせて育てさせた世界に一匹しかない豚です。母様にはそれをご賞味いただければと」

「……それはそれは。本当に楽しみですこと。それはそうと――――この、下品な音はなにかしら?」

特に料理に興味を示した様子もなく急に不機嫌そうに顔を顰《しか》めた母親に兄弟はまた息を呑む。

兄弟が耳をすませば、確かに宮殿のように広い館の廊下から誰かが駆けてくる音がする。それが自身の部下が走る音だとわかったアリは母と同じように眉間に深く皺を寄せた。

「……これだから、貧民は。来賓中だというのに」

「どうやら、この館には躾が必要な者がいるようですね」

「はい。母様」

「しッ、失礼いたします！　火急の用件でご報告に上がり――ぐはっ!?」

慌てて何かを報告に来たらしい男がドアを開けた瞬間、アリの足がその腹にめり込んだ。

思わず呻き声をあげてむせ返り、蹲《うずくま》った部下をアリは冷たい視線で見下ろした。

「おい。なぜ蹴られたか、わかるな？」

「……はっ、はい。き、禁じられているにもかかわらず、ご邸宅の廊下を走りました」

「そうだ。出自が下賤でも廊下ぐらい優雅に歩け、と何度言えばわかるんだ？」

「……も、申し訳ありませんっ！　し、しかしながら――！」

「もう、いい。こっちはお前の泣き言なんて聞きたくない。それより……俺が申しつけておいた『遠見』の映像はちゃんと撮れているんだろうな？　これから母様がご覧になる。準備しろ」

「もっ、もちろんです！　そちらのご報告に上がりました。しっ、しかしなが――あがっ!?」

アリは息を切らしている男の腹に再び膝を蹴り入れた。

「……なあ、クロイツ。つまらないことを勿体ぶらないでくれないか。こっちは食事中に、わざわざ時間をとってお前の相手をしてやってるんだ。その皿に載っている肉、幾らすると思う？　お前の一生分の稼ぎよりもずっと高価なことぐらいわかるよな？」

「も、申し訳ありませんッ!!　だ、大事なお食事の時間にもかかわらず、私は――――！」

「全く、わかってないな。お前がそのつまらない謝罪をする間に、大事な料理が冷めていく。あの肉一切れ分の価値もないお前が代わりのものを用意してくれるとでも？」

「――ひッ！　ど、どうか、お慈悲を――――!!」

「それともそんな簡単な仕事すらできない舌は、要らないか？　このナイフは良い肉を断るために作らせた特別製でな。当然、人の肉も良く切れる……さあ、どうする？　チャンスはやったぞ。ほら、選べ？」

　苛立っていた様子のアリは次第に嗜虐的な笑みを浮かべると、手にしていた食事用のナイフを臣下の喉元に突きつけた。鏡のように美しく磨かれたナイフを突きつけられた臣下の表情は見る間に恐怖で引き攣《つ》った。

「しッ！　失礼いたしましたッ!!　あっ、改めて申し上げます!!　と、『時忘れの都』に向かわせたゴーレム兵、約一万二千体がっ……そ、その！」

「だから詰まるなって。『時は金なり』って言うだろう？　なのにどうして、お前はそんなに俺をイライラさせるのが好きなんだ？　これじゃあ減給どころじゃなくて罰金も必要だな？　支払えない場合、お前の親族全員を奴隷商に――――」

「――――ぜっ、全滅ッ!!　遣わしたゴーレム兵が、ぜ、全滅、致しましたァッ!!」

「……は？　全滅？」


アリは臣下の思わぬ報告に固まり、ナイフを片手にゆっくりと後ろを振り返った。

そうして、ちょうど同じナイフを使って熱心に肉を切り分けていた弟と目を合わせると、呆れたような表情で肩を竦めた。

「聞いたか、ニード？　全滅だって」

「はっ、あり得ないね」

弟のニードは小さく鼻から息を吐くと、そのまま皿の上に載った肉を切り分ける作業に戻った。

兄のアリは苛立った様子でテーブルの上の赤い果実酒のボトルを手にすると、怯える部下の頭にその中身をぶちまけた。

突然酒を頭から浴びせられ、さらに呆然とする男の足元に敷かれた絨毯に赤い染みが広がっていく。

「……ア、アリ様……？」

「なあ、クロイツ。お前は出自が貧民で頭の回転が悪く、無能ながら他のやつと違って従順だったから特別に俺が取り立ててやったんだ。そのことで少しは恩義を感じてくれていると思っていたんだが」

「も、もちろんです！　愚かな私などはアリ様のお慈悲で――――！」

「なら、冗談なら、もっと笑えることを言ってくれよ。それに幾ら何でも、時と場合をわきまえろ。今日は我が家にお母様がお見えになっている。いくら無知で愚鈍なお前だって、知っているよな？　あれは俺たち兄弟が保持する全兵力だ。それが、よりによって全滅？　はっ、なんだよそれ。そんな冗談、誰が面白がる？　なあ、俺の質問に答えろよ、クロイツ」

「おっ、お慈悲を……！」

「もう、いい。十分だ。こんな簡単な質問にも答えられない無能など今日で解雇《クビ》だ」

「あッ、アリ様!?　あっ……？　あがッ!?」

食事に使われるはずだったナイフの切っ先が怯える臣下の首筋に押し付けられ、アリはそのまま臣下の首を切り裂いた。

傷は浅く致命傷になる程ではなかったが、男の首からは大量の血が流れ出し、足元の赤い染みができた絨毯を一層濃い色に染めた。


「おい、お前たち。その汚れた絨毯を捨てておけ。そいつもさっさと連れて行け。目障りだ」

「「は」」

「……それと、クロイツ？　わかっていると思うが俺は無能な奴に退職金なんて支払わない。お前のせいで冷めた肉と汚れた絨毯はお前持ちだ。支払えないなら家族でも売るんだな」

「ど、どうか、それだけは……お、お慈悲を！　――――うぐッ!?」


アリに報告を終えた臣下は他の臣下に引きずられるようにして部屋を出て行った。


「母様、お騒がせしました。それでは、お食事に致しましょう」

「――――アリ。今のはいったい、どういうことでしょう？」

「か、母様？」


何事もなかったかのように席に戻ろうとしたアリだったが、叱責するような母の声に思わず身を固めた。

「……私の言っている意味がわかりますか、アリ？　今の貴方の行動は、将来、我が家を担う者としてあるまじき失態なのですよ」

二人の兄弟が引き攣った表情を浮かべる中で母は食事の席を立ち、ゆっくりとアリに詰め寄った。そうして母は幼児に言い聞かせるよう、硬直するアリの頭を優しく撫でて言った。

「私は何も、貴方を責めているわけではありませんのよ。でも、貴方は少し、お人好しが過ぎるのではないですか？　私はこれまで、繰り返し、繰り返し、繰り返し――――貴方には教えてきたでしょう？　支払い以上の仕事をしない無能は、その場で手足を斬り落とし、全ての財産を没収した上で親族全員を最も酷《むご》く扱う奴隷商に売り渡しなさい、と」

アリは優しく母に頭を撫でられながら、震えていた。

その目は何かに怯えているかのようだった。

「わ、わかっているよ、母様」

「それと、貴方はあれに恩義がどうのこうのと言っていましたが……いくら姿形が似ているからといって、あんな貧民を私たちと同じ様に扱うことはありませんのよ？　あれらは我々が適切な管理をしなければ堕落するだけの獣です。皆が生まれつきの怠け者ですから、きちんとした『罰』を与えてあげて管理しなければまともに働きはしないのです。それも、私たち家族に関わる重要な仕事に用いるならば、事前に入念な躾が必要、と。いったい、貴方には何度同じことを言えばわかってもらえるのでしょう？」

「もっ、申し訳ありません、母様」

「――――アリ。私は決して怒っているわけではないのですよ？　しかしながら……全く、理解できないのです。貴方は何故、あんな無能をまだ生かしておいたのですか？　あんなものは生かしておいても汚い口から汚い言葉を吐き出し、我が家のありもしない噂を言いふらすだけの害虫です。なぜ、早々に処分をしないのかしら」

「……は、反省しているよ、母様。も、もちろん、あいつは処刑するつもりだった。それに、次はもっとちゃんと人選をする」

「そうですよ。家で用いる者は次からしっかりとふるいにかけなさい？　選ぶコツは『生まれ』と『血筋』そして『育った環境の質』です。適切な教育《しつけ》以前にまずは入念な選別が必要なのです――――ちょうど、貴方が私に用意してくれた、この豚のように」

「はい、母様」

　そう言って、テーブルに戻った母親は上品に微笑みながら皿の上の肉をナイフで切り分け、小さく切った肉を一切れ口に運ぶと満足そうな笑みを浮かべた。

「うん、美味しい。良い豚を選びましたね、アリ」

「あ、ありがとうございます、母様」

「そこだけわかってもらえれば、私はそれでいいのですよ。では、お食事を続けましょう。せっかくの料理が冷めてしまいます。これからの鑑賞会も、とても楽しみにしていますよ」

「はい、母様。おい、『機鳥《ゴーレムバード》』が撮ってきた映像を壁に映せ」

「は」

　すぐさま純白の壁に掲げられた『物見の鏡』に空の上から見下ろした『時忘れの都』の映像が映る。

「……本当に、良いことを考えましたね、アリ、ニード。長年のライバルと決着をつけるついでに、あそこに溜まったゴミも一緒に掃除してしまおうというのはとても素晴らしいアイデアだと思います」

「あれはラシードにぴったりの、素性の悪い者ばかりが集う掃き溜めのような場所です。母様がこのような趣向がお好きだと聞いていましたので」

「ええ。貧民が熟れた果実のように握りつぶされる様子は何度観ても良いものです。あれは選ばれた私たちのみに許された、特別な娯楽。それでも、街ごとゴーレムに蹂躙《じゅうりん》される光景など、私たちでも滅多に見られるものではありません。せっかくですから、貴方たちが用意してくれたお料理と一緒に楽しみましょう。アリ、ニード」

「はい、母様」


そうして親子は三人で揃ってナイフとフォークを構え、『物見の鏡』の中で起きる出来事を静かに見守っていたが、ゴーレムの前に立った二人の男の姿を見た直後、失笑が起きた。


「……ぷっ。あれはなんのつもりだろう？　命乞いかな？」

「はは、笑えるな。あいつ確か、ラシードの後任の経営者だぞ。家族会議で回ってきた資料で見た。それに、脇に立っているのはラシードの従者だ。どうやら借金のカタになけなしのボディーガードまで取られたらしい。惨めだな」

「『時忘れの都』に配備されたわずかばかりの劣化ゴーレムはどうしたんだろう？」

「そんなの、俺の知ったことではないが……まあ、きっと奴の無能さに落胆して誰もついてこなかったんだろう」

「ラシードの後任、と聞いてどんな人物かと気になってはいましたが。所詮はあのような街に集うギャンブル狂のろくでなし。あれらが、これから『始原』のゴーレムの手で握りつぶされるかと思うと楽しみです」

そう言って母は肉の皿の前で少し興奮した様子でナイフとフォークを掲げ、『物見の鏡』を前に舌なめずりをした。そうして彼女にとって食欲をそそる光景が現れることを期待しつつ、兄弟もそれに倣い食事の時を待つ。

だが、その後、彼らが期待したことは何一つ起こらなかった。

代わりに男が手にした黒い何かを投げたかと思うと、無数のゴーレムが突然破裂し、映像の中で大きな砂埃が上がる。

「……なんだ、今の……？」

「おい、急に何も映らなくなったぞ。調整しろ」

「は、はい」

三人はフォークとナイフを手にしたまま何も映さなくなった『物見の鏡』を眺め続けていた。

そうしてしばらく待っていると画面の中の砂埃が晴れ、その場の様子がはっきり映し出される。

彼ら親子はそこに無惨に潰された二つの死体が映っていることを期待したが、どこにもその姿はなく、代わりに男たちを握り潰すはずだったゴーレム達の残骸があちこちに転がっているのが見える。


「「「――――――――?」」」


親子は鏡の前でナイフとフォークを掲げたまま誰一人、口を開かなかった。

その間、手をつけられない料理が冷めていくが、彼らは辛抱強く、そのままの姿勢で何かが起こるのをじっと待ち続けた。自分たち親子が笑顔で食事をするに足る映像が、すぐさま目の前に現れることを期待して。

だが、その瞬間はいつまでたってもやってこなかった。

代わりに、純白の壁に掲げられた『物見の鏡』には、国内最高戦力たる『始源《オリジン》』のゴーレムがひたすらに砕かれて粉にされていく奇妙な光景だけが映る。


「――――これは、いったい――――?」

皆が沈黙する中で弟のニードだけが疑問を口にした。

だがその質問に答えられる者は誰もおらず、そのまま誰も料理に手をつけないまま時間だけが過ぎていく。

適切に調理された肉の食べごろはとっくに過ぎていた。

冷め切った料理の皿を前にして親子は砂埃しか映さなくなった『物見の鏡』をじっと見つめていたが、不意に巨大な砂嵐が現れる。

そうしてゴーレム達がなすすべもなく嵐にすり潰され、粉々になって消えていく光景を目の当たりにした兄のアリがようやく、一つの疑問を口にした。

「……なんなんだ、これは？　まさか、これは本当にあったことなのか……？」

その問いに答えようとする者はいない。

それ以降は誰一人口を開くことなく『物見の鏡』を見守っていた親子だったが、やがて嵐が消え去ると、再びその目を大きく見開いた。

「……は？」

そこに映し出されていたのは一面の砂漠。

だが、本来ひしめいているはずのゴーレムの姿は一体もなく、佇むのは片腕の獣人と黒い何かを持つ男だけ。時折、ゴーレムのようなモノが映ったが、それはよく見ればただの残骸であり、もはや動きもしないガラクタの一部分でしかなかった。

そんな光景は何かの間違いであるはずだ、とその場にいる誰もが思った。

彼らにとっては何かの悪い夢としか思えなかったから。

だが、黒い何かを手にする男が何かに気がついたように空を見上げ、そこに誰がいるのかをじっくりと確かめるかのような視線を送ると、三人は思わず息を呑む。


「……なん、なんだ……こいつは……？」

「こっちを見てる……？　そんなわけ……？」


三人が三人とも、男に見られている、と思った。

実際、男の視線は撮影の為に空を飛ぶ『機鳥《ゴーレムバード》』に向けられたものだったが、親子はそれを自分たちに向けられたものと錯覚した。

そんなことはあり得ないと感じつつも、動揺を隠せない親子がじっと鏡の中の男の姿を見守る中、男は落ち着いた様子で足元に転がっている小さな石を拾い上げ、再びしっかりと彼らの顔を見据え――

その石を、彼ら親子に向かって投げつけた。

「「「――――ひっ!?」」」

三人は突然自分たちに迫ってきた石を見て、思わずのけぞり、同時に小さな悲鳴を上げた。
当然、石は彼らには届かず、単に『機鳥《ゴーレムバード》』に搭載されていた『遠見』の魔導具を打ち砕いただけだったが、驚いて椅子からずり落ちた母は立ち上がると、屋敷中に響き渡るような叫び声を上げた。

「……なッ……なんですかッ!!　なんなのですかッ!?　貴方はああああああああァァァァァァアァアッツッ!?」

瞬時に激昂した母親は細切れになった肉の皿を鷲摑みにすると、男の顔が映ったままの『物見の鏡』に投げつけた。

そうして料理の皿は綺麗に鏡に命中し、男の顔が映し出された鏡面を粉々にして無数の破片を白い床に撒《ま》き散らしたが、母の怒りはそれではおさまらず、執拗に男が映し出されていた『物見の鏡』の欠片《かけら》を高価な靴で踏み砕き、しきりに金切り声を上げていた。

「……か、母様……?」


兄弟は母のそんな姿を見るのは初めてだった。

どんな時でも品のある振る舞いを崩そうとしなかった母が半狂乱になるのを傍で呆然と眺めながら、アリとニードは自分の手足が小刻みに震えていることに気がついた。

手にはじっとりと汗が滲み、二人同時に持っていたナイフとフォークを滑り落とすと、白く磨かれた石の床に幾つもの軽い金属が叩きつけられる音が響く。

食事中に音を立てることを酷く嫌う母親の前での失態に思わず身をこわばらせた兄弟だったが、彼女は息子たちの無作法を少しも咎めようともしなかった。

代わりに豪奢な飾りつけのなされた部屋の中で悲鳴のような声をあげながら、手当たり次第にものを摑んでは投げ、何かが割れる音を響かせている。

そうして、兄弟はようやく気がついた。

自分たちはたった今——全てを失ったのだ、と。

だから母はあんなに取り乱しているのではないか、と彼女の行動の理由に思い至った。

そうして、思い出す。

あそこで自分たちに石を投げた人物が誰であるかを。

あれは確か、先の家族会議でラシードと共に出頭を命じられた『時忘れの都』の新しい経営者《オーナー》ではなかったか。

となると、あれはもうすぐ首都《ここ》にやってくる。

もはや身を守る具体的な術が何もなくなった自分たちのいるこの街に。

二人は首筋に冷たい風が吹きぬけるのを感じた。

「……まさか……そんな。そんな、わけが——？」

さまざまな破片の散乱する豪奢な部屋の中に鳴り止まない破壊音と悲鳴のような声が響く。彼ら親子はたった今、自分たちの前に示された破滅の予告を受け容れることができなかった。

だが、彼らが好むと好まざるとに関係なく——

「……そうだよ。こんなの、嘘に決まってる。絶対に、嘘だ」

そこに居合わせた者は皆、これから自分たちの街に訪れる滅びの足音を聞いていた。

１６１　首都サレンツァへ

「ノール先生、お疲れ様でした……お怪我などはありませんか？」

俺とシャウザが街の外れまで歩いて戻る途中、わざわざリーンが出迎えてくれた。

リーンは俺の顔を見るなり、怪我を心配してくれたようだったが。

「いや、大丈夫だ。ゴーレムはとにかく硬いと聞いて最初は不安だったが……案外、二人だけでも十分なんとかなったな」

「私も遠くから戦闘を見せていただきましたが、本当にお見事でした」

俺がとりあえずの無事を報告するとリーンは笑顔を見せた。

彼女のすぐ後ろにはイネスがいる。

「ノール殿。どうやら助けは最後まで必要なかったらしいな」

イネスもいつも通りの硬めの表情ではあるが俺に笑顔を見せてくれた後、すぐに俺の隣にいたシャウザに向き直り、静かに頭を下げた。

「────シャウザ殿。出発前の私の言葉は耳に入っていたと思うが、疑って済まなかった。その件については謝罪したい」

「必要ない。お前はお前の仕事をしたまでだ」

「謝罪の受け入れ、感謝する」

そうしてイネスはシャウザと短い言葉を交わすと、また真剣な表情でシャウザに向き合った。

「……襲撃に使われたゴーレムは、あれで全てだと思うか？」

「おそらくな。だが見つけられるものは排除したが、それ以上のことはわからない」

「そうか……可能ならもう少し、ゴーレムについて聞かせてもらいたいのだが」

「構わない。俺に話せる程度のことは話す」

「感謝する。それではリンネブルグ様、私は少しここに残っても？」

「はい、もちろん。私は館の中に戻って出発に必要な準備を済ませてきます」

「かしこまりました。では、後ほど」

「ではノール先生、私はこれで失礼いたします」

「……ああ、またな？」


リーンは簡単に挨拶を済ませると、忙しそうに去っていった。

その後はイネスはシャウザと互いに警備関係の情報交換をしている様子だったが、見たところ、二人は前よりほんの少し和解しているような気がした。

俺はその場にいてもやることがないので、互いに硬い表情のまま熱心に話し込む二人に別れを告げ、徒歩で街へと向かったのだが。

すぐに奇妙な光景が目に入り、立ち止まる。


「……あれは、なんだ……？」


砂の上に大量の魔物たちがゴロゴロと寝転んでいる。

その中心にはロロがいて、どうやら襲われているという感じではなさそうだったが……彼の数倍はありそうな体躯《たいく》の魔物たちにもみくちゃにされている。

ロロはそんな不思議な状況を眺めている俺に気がつくと、いつも通りの優しい笑顔を見せた。

「ノール。無事だったんだね」

「ああ、俺は特に問題ないが……それより。ロロ、それは？」

「この子達は闘技場にいた魔物たちだよ。皆、ゴーレムが立てる足音で怖がっちゃって、暴れて建物の壁を壊すほどだったから……メリッサさんと相談して、少しは落ち着くかと思って外に連れ出してきたんだけど」

「なるほど」

「でも外だとゴーレムがもろに見えて、かえって怯えさせちゃったみたい。今は落ち着いてるよ。久々に日の光を浴びたのが嬉しかったのか機嫌よく過ごせてるみたい」

確かにロロの言う通り、獰猛《どうもう》そうな顔つきをしている魔物たちは太陽の光を浴びながら、気持ちよさそうに砂の上でごろ寝をしている。

俺が闘技場の中で会った緑色の竜のようにかなり図体が大きいのもいるが、もはや雰囲気は飼い犬か飼い猫か、といった感じでとても和やかな雰囲気だった。

餌でも持ってきてあげれば尻尾を喜んで振って駆け寄ってきそうな感じだった。

……あれに一斉に向かって来られたら、ちょっと怖いが。

「それにしても、どうやってこんなに連れ出してきたんだ？　この大きさじゃ、とても普通の出入り口からは出られないだろう？」

「これを使ったんだ」

「……ああ、それか」


ロロは自分の指の小さな赤い宝石の嵌《は》まった指輪を俺に見せた。

あれは確か、ミスラに行った時に魔竜《ララ》を中から出していた指輪だった。

「その指輪、ララ以外も入れられるのか」

「うん。もともとララ専用じゃないし、強く抵抗されなければ大抵の魔物なら入れられるんだ。ほら、こんな風に」

ロロが軽く腕を上げると、近くにいた数体の魔物が赤く輝く光の粒子となり、あっという間にロロの指輪の赤い石に吸い込まれるようにして消えた。

「……すごいな。その小さな指輪にあんなにたくさん入るのか」

「うん、ララが入っちゃうぐらいだからね。ここにいるのはどの子もララと比べれば体格は小さめだし、全員同時に出し入れしたとしてもそんなに負担にはならないよ」

「それは、本当にすごいな……？」

「中も意外と快適らしいよ。中に居る間はあまりお腹も空かないみたい。もちろん、外の方が断然気持ちがいいって言ってたけど……あっ、もういいよ、君たち。ありがとう」


そう言ってロロは指輪を輝かせ、また魔物たちを外に出してあげていた。

本当に出し入れ簡単でいつでも自在に収納できる、といった感じだった。

これはまたすごく便利そうな技を身につけたものだと表面上は平静を装いながら内心、驚愕する。


「……そういえば、今回はララは一緒じゃないんだな」

「うん。ララは王都で留守番だよ。本竜《ほんにん》はノールに会えなくて寂しがってたけど、今回は皆で相談して、別の大事な役目をやってもらった方がいいだろうって話になったんだ」

「そうか。それは少し俺も残念…………かもしれない」


ララがいない、と聞いて一瞬残念なような気もしたが、でもララが一緒となると最悪、急ぐ時の移動手段が『空』になる可能性もある。

ララには悪いが正直、留守番してくれていた方が俺としては嬉しい、と思った。


「そういえば、ノール。ボクから一つ、お願いがあるんだけど」

「お願い？」

「そこで寝てる子達なんだけど、『時忘れの都』から何匹か連れ出しちゃダメかな？　やっぱりあの建物の中は窮屈なんだって」

「ああ。もちろん俺は構わないが」

「ありがとう。基本的に餌とかは自分でなんとかしようと思ってるから」

「わかった。でも、助けが必要なら言ってくれ。金なら使い道に困るほどあるからな？」

「うん。じゃあ、もしもの時は頼らせてもらうかも」


そう言ってロロは、甘えるようにすり寄ってきた緑色の竜の顎を優しく撫でた。

竜の方も満更でもなさそうだったが……ふと気配を感じて見上げると緑竜の頭の上に置物か何かのようにちょこん、とシレーヌが座っている。

彼女は弓を持ったまま、何やらぼーっとしている様子だったが、視線の先を追ってみるとそこにはイネスとシャウザがいる。

いつもは俺の視線に敏感な彼女だが、全く気づいている気配がないので声をかけてみる。

「……シレーヌ？　どうした？　大丈夫か？」

「えっ……？　あっ、ノ、ノールさん!?　い、いつの間に……？　お、お疲れ様でした！」

シレーヌは慌てて竜の頭から飛び降りると俺の前にストン、と身軽に降り立った。

心なしか表情はさっきよりも明るく晴れているようだったが、まだどこかそわそわしている感じだった。

というかしきりに辺りをキョロキョロと見回し、明らかに挙動不審だった。

「ゴーレム、凄かったですね。お怪我はありませんでしたか……って。見たところ、何もなさそうですね……？」

「ああ、俺ならかすり傷ひとつない。大丈夫だ」

「本当にすごいですね。一体どうなってるんですか、ノールさんの身体って」

「というか、そっちこそ大丈夫か？　さっきからずっと上の空という感じだが」

「い、いえ？　私の方は何でもない話なので……あっ。そういえば、シャウザさんは大丈夫でしたか……？」

「ああ。あっちも手のひら以外はなんともない、と言っていた」

「……そうですか。ともかく、お二人がご無事で何よりです。私もここでずっと辺りを見張ってましたが砂ネズミ一匹見かけませんでした」

「ああ。手伝ってくれたシャウザのおかげだな」

そんな話をしていると、ちょうどイネスと話を終えたらしいシャウザが歩いてきた。

シャウザは俺たちに全く関心を示す様子もなく、そのまま俺たちの脇を無言で通り過ぎて行こうとしたが、すれ違いざまにシレーヌが呼び止めるとその足を止めた。

「あ、あの。シャウザさん」

「……なんだ。まだ俺に何か用か」

「え、えっと……？　その？」

少し言葉に詰まったシレーヌだったが、しばらく考えた後にこう言った。

「…………ノールさんを助けてくれて、ありがとうございました」

シレーヌに礼を言われると一瞬、シレーヌの顔をチラリと見たシャウザだったが、またすぐに顔を背けた。

「……お前に礼を言われる筋合いはない。俺は俺の仕事をしたまでだ。他人の為にやったことではない」

「なるほど？　じゃあ、俺から言おう。お陰で助かったありがとう」

「お前にこそ、礼を言われる筋合いはないんだが……⁉」

「そうか？　そんなことはないと思うが……⁉」

「……まあ、いい。今回は互いに無駄な仕事を減らすことができた。それだけの話だ」

それだけ無愛想に言うとシャウザは振り返ることなく立ち去った。

シレーヌは俺の横で、そんなシャウザの背中をぼーっと眺めていたのだが。

「やあ、ノール。大変だったね。どこも怪我はないかい？」

もはや聞き慣れた感のある明るい声が聞こえ、振り返るとそこにはラシードがいた。

その質問も聞かれるのはもう何度目かになる。

「ああ、大丈夫だ。借りた服は少し破けてしまったが」

「……面白いね。あれだけ資産を持っているのにそこを気にするんだ。でも、いくら破けても気にすることはないと思うよ？　それだってもう君のものなんだから」

「それはそうかもしれないが……良さそうな服なのに勿体無いことをした」


と、俺はそこまで言って、さっき自分が建物を豪快に壊したばかりだということを思い出す。

……あれも、これから俺が直さなければならないんだった。

などと思い返していると、ラシードはいつものように上機嫌に微笑んだ。

「はは、今の台詞《せりふ》、僕の弟たちにも聞かせてやりたいよ……と、そんな話はさておき。僕はそろそろここを出るつもりだけど、君はいつ出発するんだい？」

「……出発？」

「あれ、もう忘れたのかい？　僕らは首都に呼び出されているんだけど」

「ああ、そういえばそうだった」


リーンが先ほど急いで準備をしておくと言っていたのも、きっとそのことなのだろう。

ひと仕事終えて安心して、すっかり頭から抜けていた。

「……じゃあ、俺もすぐに準備した方がいいな」

「一緒に行くかい？　行き先は一緒だし」

「そうだな。どうせなら、そうしようか」

「では、君の支度ができるまで待つとしよう――でも、その前に一つ。君のことを『中央講堂《セントラルホール》』にいる従業員達が心配をしているようだ。無事ぐらい報告してあげたらどうだい？」

「……俺の心配を？」

「当然のことだろう？　君は今やここの所有者《オーナー》だ。従業員たちは君の帰りを待って、健気に整列して待っているよ……僕の時にはそういうのなかったけど」

「そうか。なら、待たせるのは悪い。すぐ行こう」


そうして俺はラシードと連れ立って歩きながら『時忘れの都』の中へと進んでいく。


「そういえば……一応、全部倒したつもりではいるが、ゴーレムはあれだけだと思っていいのか？　なんとなく、まだどこかに隠れていそうな気がして警戒しているんだが」

「逆に聞くけど、君の目から見てどうだった？」

「もう近くにはいないように思えたな。最後に鳥のような形をしたゴーレムを石で落として、シャウザはそれで終わりだと言っていた」

「ならきっと、それで全部だと思うよ。けしかけた方もあれだけの量を壊滅させられたら痛手だし、当分、この街が襲われる心配はないと思っていい。強力なゴーレムの発掘には専門業者でも相当な時間がかかるらしいからね」

「そうか。なら、いいんだが」


正直、まだまだどこからでもキノコのようにニョキニョキと生えて出てこないかと不安だったが、ここはゴーレムに詳しいらしいラシードとシャウザの言葉を信じようと思う。

そうして俺たちが進んでいくと、中央講堂《セントラルホール》の大きな扉の前に見覚えのある黒服の男が待ち構えるように立っていた。


「ノール様。お荷物をお預かりいたします」


見覚えのある黒服の男はクロンだった。

俺の前に両手を差し出し、どうやら講堂に入る前に『黒い剣』を預かってくれようとしているらしいのだが。

「知っていると思うが……重いぞ？」

「お任せください。以前のような醜態は二度と晒さぬつもりです」

「そうか……なら、気をつけて持ってくれ」


俺が差し出されたクロンの手の上に恐る恐る『黒い剣』を置くと、クロンの足は少し地面《ゆか》に沈んだが、今回は両手でしっかりと受け止め、ちゃんと危なげなく耐えている。

これなら、しばらくは大丈夫そうだったが。


「では、こちらでこのままお預かりします」

「本当に大丈夫か？」

「は。お話が終わるまで私はここでお待ちしております。いつでも必要な時、お声がけください」

「……わかった。なるべく早めに取りに戻ってくる」


俺は一旦荷物をクロンに預けたものの、だんだんと地面に沈んでいく彼が完全に沈み切らないよう、早めに話を終わらせることを心に誓って講堂《ホール》の大きな扉を押し開けた。

そうして扉を開け中央講堂に入ると綺麗に整列している大勢の従業員が目に入る。

視線が一斉に俺に集まり、頭を下げられると思わず雰囲気に圧倒されそうになるが、メリッサが小さく礼をして出迎えてくれて、ほっとする。

「お帰りなさいませ、ノール様。どうぞこちらへ」

そのまま俺はメリッサに連れられ、演台に向かって講堂《ホール》の中を真っ直ぐ進んでいく。

その間、従業員たちはずっと頭を下げて俺が演台に立つのを待っている様子だったが、よく見ると講堂の隅の方には従業員ではなさそうな服装の人々がたくさんいる。

どうやら、彼らは器を手にして何かを食べている様子だった。


「メリッサ、あれは?」

「緊急事態につき、周辺の商業地区の住民をこの講堂《ホール》に招き入れました。この一帯では、こちらが一番安全な場所となりますので。また、館内の資源と人員の扱いはお任せいただきましたので、従業員以外の者を落ち着かせる為に希望者には食事を与えておりました。問題があればすぐに中止いたします」

「いや、もちろんそれでいい。ありがとう」

他にもメリッサの状況説明を受けながら演台に上がる。

まるで小高い塔のようになっている演台から眺めると一人一人の顔がよく見えた。

幼い子供たちの顔も見えるが多少怯えているような表情だったので、声の大きさは控えめにして、なるべく静かに語りかける。

『今まで、騒がしくして悪かった。だがとりあえず、押しかけてきたゴーレムは全て片付けてきた。当分はここにやってくることもないらしいから、安心してくれ』

とりあえずゴーレムはもう周りにいないことを伝えると皆は少しほっとした様子だった。

相変わらず静まりかえった講堂の中には俺の声だけが響くが、今は子供たちの反応が見えるので少しやりやすい。

『それと。もしかしたら俺のことを心配してくれた者もいたかもしれないが、この通りどこにも怪我はない。多分、もうあれぐらいなら何度来ても大丈夫だろうと思うが……次はなるべく手早く片付けるようにしたいと思っている。今日は少し服を汚してしまったからな』

俺が服の汚れた部分を見せるようにすると、どうも冗談だと受け取られたらしく、従業員たちから小さく笑いが起きる。

そうして大人たちが笑うと不安そうな表情をしていた子供も少し笑顔になった。

『俺は用事があって、これからすぐに首都に行かなければならなくなった。向こうでちょっとした話し合いがあるらしいので、それを済ませたら帰ってくる。それまで皆は普段通りに仕事をしてほしい。それと、メリッサが食べ物を用意してくれているそうだ。せっかくだから全部食べて帰ってくれ。俺からは以上だ』

講堂の中から小さく歓声が上がる。

そうして俺は演台に置かれた拡声の魔導具から一歩離れると、振り返ってメリッサの顔を見る。

「こんな感じでいいか？」

「はい。業務連絡としては十分かと」

「そうか。じゃあ、俺はもうラシードたちと一緒に出発するが……一つ、頼みたいことがあるんだが」

「はい。私めに可能なことであればなんなりと」

「これを闘技場にいたシンという男に渡してほしい」

俺がくたびれた革袋をメリッサに手渡すと、彼女は細い目を丸くして不思議そうに眺めた。

「これを、ですか？」

「ああ。それをとある村に届けたいと伝えてほしい。中に俺が描いた地図が入っている。シンは旅慣れていて北の方にも土地勘があると言っていたから、多分大丈夫だと思う」

「かしこまりました。お渡ししておきます」

「悪いがあとのことは全て任せた。よろしく頼む」

「はい。留守中のことはお任せくださいませ」

脇に立っていたメリッサが静かに俺に礼をすると、メリッサに倣って従業員たち全員が一斉に頭を下げる。

相変わらずむず痒い光景だが、それにもだんだんと慣れてきた俺は普通に演台を降りると、入り口までまっすぐ歩く。

講堂の入り口を出るとリーンとラシードが待ってくれていた。

「リーン。準備はもういいのか？」

「はい。私の方は万全です」

「じゃ、早めに出発しようか。僕らは名指しで呼び出されていることだしね」

「そうだな。あまり待たせても悪いしな」

「イネスには今、馬車の準備を整えて外で待ってもらっていますので、いつでも出られます」

「わかった。じゃあ、着替えだけ済ませてすぐに出ようか……クロン。助かった、ありがとう」

「滅相もございません」


俺が既に腰あたりまで地面《ゆか》に沈んでいたクロンの手から屈んで『黒い剣』を受け取ると、クロンは何食わぬ顔で穴から這い出て深々と頭を下げてお辞儀した。


「従業員一同、ノール様の御帰還を心よりお待ちしております」

「ああ。悪いが留守は任せた」

「お任せを。このクロン、これより砂鼠一匹たりともこの『時忘れの都』への侵入を許すことはありません」


そうして俺たちは必要な着替えと準備を済ませると、すぐに『時忘れの都』を後にし、サレンツァの首都に向かうことにした。

162　黒いローブの男

「……あの、馬鹿息子どもめがぁッ……‼」

首都サレンツァに無数に存在する遊興用の屋敷の中に、金色に輝く椅子に腰掛けた巨軀の男の苛立つ声が響く。

その男はサレンツァ家当主、ザイード。

商業自治区サレンツァで絶大な権力を手中にする男であり、そんな男が苛立ってひとつ物音を立てるたび、館中の使用人が怯えて小さく悲鳴をあげている。

ザイードの苛立ちの原因は度重なる身内《息子たち》の失態だった。

「……よりによって、身内の争いで一万二千ものゴーレムを浪費しただと……？　『始源』のゴーレム一体の発掘費用が幾らすると思っているのだ⁉　いや。そもそもあの馬鹿共は、あの一体がどれだけの富を生み出せる代物なのか、まともに理解すらしておらん。あれが我が家の歴史にとって最も重要なモノだと何度言えば……しかも、与えたものを綺麗に一体残らず全滅させた、だと？

逆に、どんな神経をしていればそんな器用なことができるのだ……!?」


部下から二人の息子、アリとニードの状況を知らされたザイードは頭を抱えていた。

息子たちに貸し与えて破壊されたゴーレムは、数で言えば国内で運用している内のごく一部だった。サレンツァ家が所有する地下倉庫に人知れず保管している膨大な数を考えれば、現状はそこまでの痛手ではないとも言える。

だが、とても看過できる類の話ではなかった。

なすすべもなく滅ぼされた『始源』のゴーレムは、並の兵器でもなければ単なる武器でもない。

古くから『サレンツァ家』を支えてきた文字通り国内最強の兵器であり、手にした者に絶大な権力を与える代えの利かない大事な道具であった。

ゆえにサレンツァ家は古くから独占契約を結んだ『発掘業者』と結託し、強力なゴーレムは流通を厳しく制限して決して親族以外の者の手には渡らないようにしてきた。

他人に売るとしたら、一段も二段も性能の落ちた紛《まが》い物。

それを最高級品と嘯《うそぶ》き、本物の最高は自らの手元に確保することで一族は有利な地位を保ち続け、繁栄の時代を築いてきた。

サレンツァ家は元々、金貸しを営む一家だった。

貸す金は当時から豊富にあったが、いつも取り立てることに苦労した。

だが、何処からか現れた不思議な行商人から買った機械人形《ゴーレム》を使えば、その後は取り立てに心労を割く必要がなくなった。それどころか、それからはどんな相手にどれだけ金を貸しても、どんなに高い利子で貸しつけても確実に取り立てることができるようになったのだ。

専門の発掘業者を名乗る行商人への発注費用は法外なまでに高かったが、そうした投資の上で得られた『始源』のゴーレムは十二分の利益を産み出した。

借金の返済を拒む者は最悪、金を回収せずとも機械人形《ゴーレム》に命令して物言わぬ死体に変えてやれば、それで十分元はとることができた。

借りた金を返す意思を見せぬ者の哀れな末路を見た者は、それ以降、どんな利率でも喜んで納めるようになっていったからだ。


すると最早、貸す相手は誰でも良くなった。

相手が個人であろうと、国を跨《また》ぐ大商会であろうと、或いはそれが一国の主であろうと。

ゴーレムがもたらす恐怖の前には何の区別もいらなくなった。

そうしてサレンツァ家は周囲にまともに競争できる相手がいなくなると、あらゆる場所から金を吸い上げ、際限なく自己の資産を増殖させるようになった。

質の良い暴力を生み出すゴーレムはあらゆる富、権力――果ては法という極上の財産をサレンツァ家に与え、砂漠の一商人でしかなかった家族を絶大な権力者へと押し上げた。

代々の『サレンツァ家』にとって、ゴーレムとは魔石《いし》さえ喰わせれば無限に富を生産できる『永久機関』であった。思うがままに他者の利益を剝ぎ取ることができ、首尾よく己の懐に収めることができる収奪の為の自動機械。

いわば、ゴーレムとは『商業自治区サレンツァ』という秩序《くに》の象徴でもあった。

にもかかわらず――それが今や。
一方的に破壊されているという、異常事態。

「いったい、クレイス王は何をよこしたというのだ……!?」


息子の部下が撮ってきたという『遠見』の映像にラシードの部下と共に映る男。

あれが新しい『時忘れの都』の経営者《オーナー》であるという。

ザイードがあれだけ手を焼き、遠く手の離れた場所に追いやるしかなかったラシードを『裁定遊戯《賭け勝負》』で負かして大損をさせた男。それでいて、あれだけの『始源』のゴーレムを以てしても手に負えない暴力を単身で振るうことのできる者。

男の素性は不明だが、その二つだけとっても異常という他ない。

その主人であるというリンネブルグ王女と、その護衛の【神盾】イネスも脅威ではあるが、そちらの対策はしてあるつもりだった。

素性がある程度知れているあれらはまだ、やりようがある。

だが……全く情報すらないあの男を止める算段が、今のザイードには全く思い浮かばない。

これから、あれは首都《こちら》にやってくる。

つい先ほど、サレンツァ家の名前でラシードと共に首都に出頭するよう手紙を送ったばかりだった。

最初は単に未知の実力者への不快感であったのが、今や、単に恐ろしい。

首都を守るためのゴーレムは常に周辺地域のあちこちに配備してある。

それこそ、当主のザイードは息子たちに渡したのとは比べ物にならない数を今すぐにでも動かせる。だが……ここまで得られた情報からすると、それでも無防備に等しい、ということになるのではないか。

今の状況は紛れもなく、これまで『サレンツァ家』が長い年月をかけて築いてきた『秩序《くに》』の崩壊の危機であった。

そして、それはクレイス王国という厄介この上ない国に関わった時点で、そんな危機が訪れる可能性を十分に予見していたザイード自身が招いたことだった。

今回の件は息子たちの失態に収まらない。

そもそもが、あれを国内に引き入れる判断を下したザイード自身の失態だった。


今まで『始源』のゴーレムを簡単に破壊できるような『力』など、国内はおろか、周辺国中のどこにも存在しなかった。

たとえ存在したとしても芽を見つけ次第、必ず大きくなる前に叩き潰してきた。

例えば、いつまでも時代遅れの弓で戦おうとする、あの知恵の足りない獣人たちのように。

ザイードは事前に敵の能力を入念に調査し、潰す為の計画を十二分に練り、準備を整えた上で争いごとを起こして相手を一方的に無力化し——結局、相手の全てを支配して余すことなく『富』に換えた。

用意周到に危うきは遠ざけ、障害の芽は出る前に潰し、できるだけ競合を作ることを避けて着実に己にとって居心地のよい『秩序』を築くことを心がけてきた。

それこそが、サレンツァ家という一族が辿った歴史そのものだった。

だが——

「本当に、なんなのだ、あの男は――――!?」

今や、不意に入り込んできた名前も知らない男のせいで全てが台無しになろうとしている。

今となっては、商人としての自らの直感のみを信じるべきだったと激しく後悔する。

ザイードにとって、商人に必要な資質とは勇猛さとは全く逆の性質だった。少しでも勝ち筋が曇る勝負はなんとしてでも避け、わずかな障害でさえ全て潰した上でなければザイードは決して勝負には出なかった。

時に臆病と誹《そし》られても誰よりも慎重に進むことで、最後には必ず大きな利益を勝ち取ってきたという自負がある。

……ならば今回も臆病に徹し、どこまでも逃げ回るべきだったのだ。

あくまでも、ザイードは敵対するクレイス王国とは距離を保ち続けるべきだと考えていた。

仮に攻めるならば、もっと情報を集めた上で何年かかってでも慎重に行うべきだと主張した。

なのに結局、柄にもなく挑んではならない勝負に挑み、みすみす大きなものを失う危機を作り出したことに苛立ちを覚えるが……当然、これは自分だけの失態《ミス》ではない、とザイードは憤る。

確かに周囲の判断を鵜呑《うの》みにした己にも反省すべき点はあるが、いつもの自分なら、こんな無様な判断をするはずはなかったのだ。

――――最も重い責めを負うべき者は、他にいる。

「……ルード！　ルードはいるかッ!!」

己の過失を認めることに不慣れな巨軀の男は震える手で金の酒盃を握り締めると、とある人物の名を呼んだ。

そうして使用人たちの身を竦ませるような大音声の呼び声が屋敷中に響き渡ると、その後、程なくして部屋に黒いローブに身を包んだ男が現れた。

それは表向きには国内有数の優良商材を抱える『奴隷商』として。

そして、長きに渡って専属契約を結んでいるサレンツァ家にとってはゴーレムの『発掘業者』として知られる、ルードという男だった。

「お呼びでしょうか、ザイード様」

「……お呼びでしょうか、では、ないわァ!!」

男が部屋に現れると同時に、ザイードは手にしていた金色の盃を投げつけた。

金の盃は男をすり抜けるようにして背後の壁の絵画に突き刺さり、小さな穴を開けた後、床に高価な酒を撒き散らしただけだったが、部屋に控えていた使用人たちは悲鳴を押し殺し震えていた。

一方、怒りを露わにする当主の前で何事もなかったかのように平然と佇む黒いローブの男に、ザイードは思わず舌打ちをする。

「……おい。お前たちは外せ。儂《わし》は此奴《こやつ》と二人だけで話がある」

「「……は、はい……！」」

今までに見たことがない程機嫌が悪い当主に呼び出された哀れな男の行く末を、息を呑んで見守っていた使用人たちはその場から逃げるようにして立ち去った。

「ルード。何故、儂がお前を呼んだかわかるか？」

「私の提案で、クレイス王国の者を国内に招き入れた件でしょうか」

「……そうだ。我が家に長く仕え一度も約束を違《たが》えたことのないお前だからこそ、儂は敢えて、お前の要求に便宜を図ってやったのだ。お前は、クレイス王が発掘したあのカビ臭い遺物を得る代わりにもっと価値のある財宝を寄越す、と約束したな？　そして、仮にその過程で障害が生じれば、お前たちの責任で取り除く、と。なのに……全く、話が違うではないか？」

「確かに。言われてみればそうですね」

悪びれる様子もなくあっさりと自らの非を認めた黒いローブの男に、ザイードは大きなため息をついた。

「……まるで他人事《ひとごと》だな。この失態、元を辿ればお前の責任なのだぞ？　儂はお前の進言通り、クレイス王への書簡に誰にも立ち入りを許さなかった『忘却の迷宮』への侵入を認めると書いた。その上、お前たちが我ら一族にすら所在を明かそうとしない『魔族』の居場所を教えると嘯き、散々、撒ける餌をばら撒いて、小生意気なクレイス王に一泡吹かせる算段だった。だが……今や、この有様だ。一体、どう責任を取るつもりなのだ？　ルードよ」

「――――その前に。例の遺物は本当に国内に持ち込まれているのでしょうか」

あくまでも自分のペースを崩さない黒いローブの男に、ザイードは苛立たしげに舌打ちをする。

だが、それが男の通常の態度だと知っているザイードは、それ以上は何も言わずに自らが座る黄金の椅子の仕掛けに触れ、部屋の中に掲げられた大きな『物見の鏡』に準備していた映像を映し出した。

「見るがいい。息子の部下が撮ってきた『遠見』の記録だ。あれがクレイス王が『還らずの迷宮』から掘り起こしたという『黒い剣』と見て間違いなかろう？」

「……確かに。間違いなさそうです」

そこには黒い剣のようなモノを持つ男の姿が映し出されていた。

黒いローブを着込んだ男の表情はフードに隠れて見えなかったが、しばらくの間、顔の見えないローブの奥から映像に見入っている様子だった。

「……何事にも無関心なお前が、あんな小さな遺物に随分と執着すると思ったが。確かに、それだけの代物であることは認めざるを得んな。見た目はいかにも貴様ら『耳長族《エルフ》』が好みそうな、古臭い骨董品でしかないが。しかし……こうなってしまってはもはや、簡単にお前に渡してやるわけにもいくまいな？」

「……当主？」

「なんだ、儂の判断が不満か？　だが、いかに曽祖父よりも前の代から我が家と『契約』を結んだお前といえど、今回ばかりは十分に損失の埋め合わせをしてもらってからでなければ約束の報酬は
——……ぬぁっ？」

ザイードが気がついた時には黒いローブの男は無言でザイードの目の前に立っていた。

そうして饒舌に語るザイードの顔を片手で鷲摑みにすると、その巨体ごと持ち上げた。

「あがっ!?　ルッ、ルードッ!?　貴様ッ!?　な、何をするッ……!?　ぁがぁっ!?」

万力のような力で顔面にめり込む青白い指を必死に引き剝がそうとするザイードだったが、苦痛の呻き声をあげ太った手脚をバタつかせると余計に指が顔面に食い込み、首回りについた贅肉が呼吸すら阻害する。

「ぐ、苦《ぐる》じ……いッ!?　や、やめっ……!?」

苦悶の表情を浮かべたザイードが精一杯暴れて抵抗するも、黒いローブの男は意に介することなく片手で巨体を吊り続け、ローブのフードの中にしまわれた特徴的な長い耳で、冷ややかに頭蓋にヒビが入る音を聞いていた。

「あっ……!?　あっ、あっ……!?」

「『契約』か。確かに、我々は『契約』を交わしている。我々から貴様らに惜しみない援助を提供する代わり、『我々《エルフ》の名は決して口にしない』という内容の」

「う、があ？　あがっ……!?　いあッ!?　やぁづ!?」

「そして契約を履行できない場合、貴様ら一族の滅亡を以て贖うという内容の」

「あッ」


青白い手の中で頭蓋骨がくしゃり、と潰れる音がする。

贅肉で膨れた顔面には五本の細い指が深々とめり込み、その隙間から赤い血が噴き出て白く磨かれた床に飛び散った。

途端に先程まで苦しそうにもがいていたザイードの手足は力を失い、全身から血の気が引いていく。

「その約束はつい二百年前《さいきん》の話だ。忘れたか？」

ローブの男は深いため息を吐《つ》きながら、自分の片手にぶら下がったまま白目を剥きながら血の混じった泡を吹いている男に言い聞かせるように言った。

「……忘れるのだろうな、お前らは。短命ゆえに、記憶が浅い。忘れるが故に与えられただけのものを己《おの》が力と勘違いし、自分の立ち位置すら理解できなくなる。だから、簡単な約束すら守れない」

黒いローブの男が血まみれの顔を摑んでいる手を離すと、巨軀の男は顔面から硬い床に叩きつけられ、ゴトリ、と部屋中に響く鈍い音を立てた。
そのまま自分に跪《ひざまず》くように足元に崩れ落ちた巨体を見下ろしながら、黒いローブの男は吐き捨てるように言う。

「————本当に。関われば関わるほど不快な生き物だ。短い寿命に足りない知恵。己の欲望のままに増え続けては同族同士で僅かばかりの財産を奪い合う。こんな生き物、いっそこの地上から全て滅んでしまえばいいと、何度思ったことか」

顔の見えないローブから漏れたのは淡々とした、しかし、憎々しげな実感の籠った声だった。

「……それどころか、あれに大した価値がない、だと？　短命で無知な弱者に過ぎないお前たちがいったいどうやってあれの価値を量る？　いや、その前に。お前たちは、お前たち自身の価値すらまともにわからないのだろう？　あれに比べれば、お前たちが数世代かけて築いたつもりの塵《ゴミ》の山など、そこらで煩《うるさ》く飛んでは潰される羽虫の存在意義とそう変わりない、ということも」

黒いローブの男は物言わぬ男に幾つもの問いを発したが、当然、潰れた顔を血塗れの床に押し付けたままの男からの返事はない。

「……あれと比べれば、お前たちのここ数千年の営みすら無に等しい。むしろ、放っておけば勝手に滅ぼし合うお前らの命など、道端で獣に足蹴《あしげ》にされる小石にも劣る価値しかないのだと、何故、そんな簡単なこともわからない――――？」

苛立たしげに問いかけを続けるローブの男だったが相手の男の意識はなく、呼吸も既に止まっていた。特徴的な長い耳でその心臓もすぐに鼓動を止めようとしていることを感じ取った男は、ゆっくりと息を吸うと、再び憎悪の籠った息を吐き出した。

「……本当に、忌々《いまいま》しい。俺は何故、こんな屑を生かさねばならないのだ。こうして生かす機会を与えるのすら、口惜しい。だが……まだだ。まだ、こいつは生かして利用するに値する。駆除の手順はその後だ」

黒いローブの男は自分自身に言い聞かせるような言葉を唱えると、倒れている男の陥没した頭部を片手で掴んで持ち上げた。

「――――さっさと、『治れ』」

そうして黒いローブの男の手のひらから青白い光が放たれる。
すると巨軀の男の凹んだ頭が見る間に再生を始め、辺りの床に散った血液が宙に浮き、まるで時を遡るようにして男の体内に戻っていく。
同時に止まりかけていた心臓が正常に脈打ち、青ざめていた顔がみるみる血色が良くなり、死の淵にあった男は咳き込みながらも即座に息を吹き返した。

「――――が、かはっ!?」
「ご気分はいかがですか、当主」

黒いローブの男は強引な治療を終えると、床に座り込む男に顔を寄せて耳元で小さく声をかけた。
だが巨軀の男は黒いローブの男を見るなり、悲鳴をあげて後退《あとずさ》りを始めた。

「ヒィッ!?　ル、ルードッ!?　……い、いったい、今、何を!?　わ、儂にあのようなことをして、た、ただで済むと――――あがッ!?」

だが、黒いローブの男は逃げ出そうとする男の頭を再び強引に鷲掴みにして動きを止めた。


「うっかりしていた。最初に記憶《こちら》を消すのが正しい手順だったな」

「あがっ!?　い、いだいっ……!?　なァ!?　何をッ!?」

「煩《うるさ》い。その臭い口を閉じろ。これ以上、無意味な手間をかけさせるな」

「――――あ、あがぁっ!?」


再び、男の頭蓋がぱきりと割れる音がする。

だが、すぐさま黒いローブの男の手のひらが青白く光り、ザイードの顔面の傷は瞬時に再生していくものの、再生した瞬間、再びルードの強力な握力で頭蓋が握りつぶされていく。

黒いローブの男、ルードは自らの手のひらの中で大した意義もなく繰り返される破壊と再生の光景を忌々しげに眺めながら、再び面倒そうに口を開く。

「今あったことは――全て、『忘れろ』」


するると、今度は赤い光が男の手のひらから放たれる。

奇妙にうねるような赤い光が暴れる巨軀の男の頭部を覆うと、途端に苦痛で手足をバタつかせていた男は目を見開き、大人しくなった。

そうして、黒いローブの男は自分の手の中にある顔の表情が落ち着いたのを見届けると、ゆっくりとそこから手を離し、再び、耳元に顔を寄せて囁いた。


「ご気分はいかがですか、当主」


それはつい先程と全く同じ台詞だった。

だが、黒いローブの男の声を聞いたザイードは、今度は少しも取り乱さなかった。

代わりに虚ろな目を泳がせ必死に何かを思い出そうとしている様子だったが、その努力はどうも上手く実を結ばないようだった。


「……ぐっ、頭が……痛い？　わ、儂はここで、何を？　何故、床などに座っておる……？」

「いつものご持病の発作です。お薬をどうぞ。気分が良くなります」

「そ、そうか。い、いつもながら悪いな、ルード……？」

つい先ほど黒いローブの男に頭を潰されたばかりの男は、同じ男が差し出した気付け用の魔法薬《ポーション》を受け取って一気に飲み干すと、礼を言った。

「……ぷはっ。た、助かったぞ、ルード……お前がそばに控えていてくれて、本当によかった」

「いえ、いつものことですので」

対して黒いローブの男は何の感情も込めず、冷たい床に青い顔で座り込む大男を見下ろした。

「……そ、それで。なんの話だったか……？　儂は確か、何かを話し合うためにお前を呼んだ筈だったが。どうも気を失っていたせいか、記憶が曖昧だ」

「お呼び出しは例のクレイス王国の来客の件です。我々、発掘業者が提供した『始源』のゴーレムでは歯が立たず、当主は更に強力なゴーレムをご所望、と」

黒いローブの男は相変わらず何の感慨も含めず、淡々と床に座り込む男を見下ろしてそう言った。

「……そ、そうであったか。だが『始源』よりも強力なゴーレム？　そのようなものは初耳だが……どうしてそんな大事なことを今まで黙っていた？」

「逆に問いますが。何故、教える必要が？」

「……そっ、それは……？」

黒いローブの男の声が帯びた僅かな怒りの感情に、ザイードは思わず怯《ひる》んで言葉を失った。

それはサレンツァ家当主にあるまじき、屈服の感情の萌芽《ほうが》だった。

「我々は必要に応じ必要なだけの支援を行う、という契約をしたまでです。それ以上のことを望まれても困ります」

「……そ、そうか。そうであったな？」

「ですが今は、それが必要な時かと」

ザイードは『物見の鏡』に映る男の姿を再びじっと眺め始めた黒いローブの男に、疑問を投げかけた。

「……だが、本当にあれをなんとかできるのか？　少しばかりの違いでは話にならんぞ？」

「ご心配には及びません。迷宮に眠る『巨人』の力を用いれば、どんな外敵であれ、必ず一掃できることをお約束致します」

「それはお前が、そこまで言うほどの力なのか？」

「……ええ。『忘却の巨人』は我々が知る中でも最高の力の一つです。『始源』のゴーレムなどとは比べるべくもない。当主さえよろしければ、これから私はすぐにでも巨人を動かす為の『鍵』を迷宮まで取りに行って参りますが」

「……『鍵』だと？」

「はい。『忘却の巨人』の起動は所有者となる者が『鍵』を手にして行う必要があります。当主はそれを持って『忘却の迷宮』に向かっていただければ」

「なるほどな。その鍵さえあれば『巨人』は儂の言うことを聞く、ということか」

「そうなります。あれこそ、まさにこの地を支配する貴方に相応しい」

「そ、そうか」


人前では豪胆に振る舞う人一倍臆病な性格の男、ザイードは今や、自身が顔の見えない男に大きな怯えを抱き、身体を震わせていることを自覚した。

この地で絶対的な権力を手にしているザイードにとって、他人にそんな感情を抱くことなど初めての経験であるはずだった。

でも……そんな記憶は一つもないはずなのに。

自分はこの男の前ではいつもこうしていた気がする。

――――何度も、何度も、何度でも。

体の奥底から湧き上がる得体の知れない恐怖の感情がザイードの身体を支配する。

記憶に空白を持つ男は、その一連の感情がどこから来るのかわからない。


「それと、当主。よろしければ、こちらを」

ルードが小さく片手を上げると、混乱するザイードの前に虚ろな目をした血色の悪い少年少女が進み出た。


「それは……もしや、お前が管理していた『魔族』、か？」

「ええ。僅かばかりですが、今回の失態《ミス》の補填として、差し上げます。どの道、我々には不要のモノとなりましたので。どうぞゴーレムに喰わせる『石』とするなり奴隷とするなり存分にお役立てを」

「……そ、そうか。ならば気遣い、ありがたく受け取っておくとしよう」

「では、私はこれより、『忘却の迷宮』に必要なものを取りに行って参ります。それまで、どうか当主はクレイス王国の者どもを逃さぬよう、できる限りの足止めをお願いいたします。せっかく力を手に入れても振るう相手がいなくなっては興醒めでしょう」
「……あ、ああ。お前には期待しているぞ、ルード」

冷たい石の床に座り込んだままの姿勢で精一杯の威厳を保とうとする当主《ザイード》を置き去りにし、黒いローブの男は豪奢な装飾のなされた部屋を立ち去った。
そうしてしばらく薄暗い廊下を進んでいくと、男は急に何もない所で立ち止まり、石造りの壁に向けて声を掛けた。

「ザドゥ、そこにいるな」
「……あァ？　なんだ、ルードの旦那かァ」

白い壁の中から男の声がする。
途端に屋敷の廊下が陽炎《かげろう》のように歪み、煙のような靄《もや》が辺りに渦巻いたかと思うと、その中から顔に黒い包帯のようなモノを巻き、腰に幾つもの短刀を括《くく》り付けた奇妙な出で立ちの男が現れた。

「何か、俺に用事かァ……？」

「近々、『忘却の迷宮』を動かすことにした。その前に一つお前に依頼がある」

「あァ、なるほど。ってことはもう捨てるのかァ――――？　この拠点《まち》」

顔を黒い布で覆った男は特に感慨もなさそうに広い廊下の窓から街の風景を見下ろした。

「そうかァ。そこそこいい武具も出回るし、結構、気に入ってたのになァ――――？　でも、もう使えなくなるんだなァ」

「出発前に痕跡らしい痕跡は全て消していく。その間、お前には例の遺物の回収を依頼したい」

「……あァ。例の『黒い剣』ってやつかァ」

「そうだ。すぐそこまで来ている。なるべく早めの回収を頼みたいところだが……今回に限り、報酬は後で支払うことになる」

「なんだァ？　急がせる癖に後払いかァ？　旦那にしては珍しくケチ臭いなァ？」

「俺の資産の大半は『里』に移転済みだ。向こうに戻ってからであれば上限を気にせず望むだけの報酬を与えられるという話だと思ってくれていい」

黒いローブの男の話に黒い包帯の男はニタリ、と笑った。

「……そうだなァ？　普段はあんまり、後払いの仕事なんて受けねェんだが……他ならぬ旦那の依頼だしなァ？　特別に割増料金ってことで受けてやらァ――――？」

「では遺物を入手次第、持ち帰れ。俺は『忘却の迷宮』深部に向かっている」

「それじゃァ、依頼、成立だなァ……？　早速、その『黒い剣《とびきりのお宝》』ってヤツに会いに行ってくるかなァ――――？」

　奇妙な出で立ちの男はそう言って舌を出して嬉しそうに笑うと、その場からゆらり、と幻のように姿を消した。

163　砂漠の嵐

雲ひとつなくカラッと晴れた砂漠を、いつもより人を二人多く乗せた馬車が行く。


「いい天気だな。本当に雲ひとつない」

「こっちの空はいつもこんな感じさ。クレイス王国では違うのかい？」

「晴れの日は多いが、ここまで綺麗に晴れることは滅多にないな」

「なるほどね。少し北に移動するだけで随分と気候も違うんだね。興味深いよ」


ラシードとシャウザは最初、自分たちのゴーレムで首都に向かうと言っていたが、いろいろと話し合った結果、俺たちと同じ馬車に乗って行くことになった。

広い馬車の中の空間にはまだ少し余裕があるものの、シャウザが大きいのでたった二人増えただけで少し車内が狭くなったように感じる。

先頭の御者席にはイネス、そのすぐ後ろの座席にラシードとリーンの二人が座り、更に後ろの広めの座席に俺とシレーヌ、ロロとシャウザの四人が座っているが、時折、馬車が大きく揺れると互いの肩が少し触れるぐらいの距離感だった。

「リンネブルグ様。改めて我々の同乗を許してくださり、感謝申し上げます」

「いえ。席の余裕はありましたし、やっぱり旅は大勢の方が楽しいですから」

「はは、おっしゃる通りですね。シャウザ、君もそう思わないかい？」

ここまでずっと険悪なムードを保ってきたリーンとラシードも、当たり障りない感じではあるが打ち解けた言葉を交わし、多少雰囲気が良くなって見えた。

でもシャウザはというと、馬車の中で一人だけ明らかに居心地悪そうにしている。

「……ラシード様。やはり、わざわざ我々が同乗することはなかったのでは」

「そうかい？　こっちの方が冷房が効いていて、ずっと快適じゃないか。せっかく乗せてくれるというのだから厚意には素直に甘えておこうよ。異国の文化も堪能したいしね」

「…………かしこまりました」

主人に苦情を聞き入れてもらえなかったシャウザは不服そうに窓の外に目を向けた。視線の先には彼らが乗るはずだったらしい翼の無い鳥のような形をしたゴーレムが二体、馬車と並走しているのが見える。

「シャウザは馬車が苦手なのか？」
「いや、そういうわけではない」
「その割にはずっとしかめっ面をしているが」
「……俺は元々、こういう顔だ」

たしかに乗る前からもずっと、苦虫を噛み潰したような顔つきはしてはいたが。
馬車に乗ってからのシャウザはどことなく落ち着かない雰囲気だった。

「…………………」

一方、俺の隣に座っているシレーヌも別の意味で落ち着きがない。それとなく見ているときっかり十秒おきにチラチラと何か話したそうな顔でシャウザを眺めては目を背ける、という動作を繰り返しているが、シャウザはそんな彼女に気付きつつ一向にかまおうとしない。

そんな二人の間でロロは困ったような顔で微笑んでいる。

「……心配しなくてもいいよ、シャウザさん」

「何がだ」

「ボクが『魔族』だから不安かもしれないけど……無闇に人の秘密を暴いたりしないようにはしてるから」

「俺に秘密などない」

「……そっ、そうだね。ご、ごめん、変なこと言って」

「大丈夫だぞ、シャウザ。ロロは他人の恥ずかしい秘密を言いふらしたりする奴じゃない」

「……どうだかな」

シレーヌはそんな二人の会話を聞いてすごい表情《かお》をしている。

だが依然、ロロとシャウザに交互に視線を送り、しきりに話しかけたそうにしているものの、一向に話しかける気配がない。

あっちはあっちで聞きたいことがあるのなら普通に聞けばいいと思うのだが。

そんな非常に落ち着かない様子の車内ではあったが、出発前に馬車下部に搭載された冷凍保存のきく貯蔵庫に俺が入れておいた『神獣鍋』を食し、改めて元気一杯となった屈強な体つきの馬たちに引かれた馬車は広大な砂漠を快速で進んでいく。

『時忘れの都』行きの時とは違って、地上の起伏が少ないのは幸いだった。

どうやら首都への道はちゃんと舗装されているらしく、所々砂に埋もれてはいるものの平坦だ。

馬車は一切視界を遮るもののない砂漠をぐんぐんスピードを上げて駆けていくが、馬車の窓から外を覗くと鳥のような形をした乗り物もちゃんと走ってついてきているのが見える。


「ラシードとシャウザはいつも、ああいうので移動しているのか？」

「ああ。普段はあのような移動用の人造ゴーレムを使うんだ」

「人造？　ということは、あれは人の手で作ったものなのか？」

「そうだよ。『忘却の迷宮』で発掘されたものとは違う、人が自分の手で創り出したゴーレムさ。ま、模造品《ニセモノ》とも言えるけど」


俺は隣にいたシャウザに聞いたつもりだったが、寡黙なシャウザの代わりに前の席のラシードが答えてくれた。

「すごいな。あんなのを作れる人がいるのか。ちなみに発掘されたものと人が作ったものとで何か違いはあるのか？」

「そうだね。細かい違いは色々とあるけど……一番大きな違いは単純に材質と出力《パワー》かな。人が作ったものは未知の技術が詰まった『迷宮産《オリジナル》』ほどの力は出せないんだ。その分、制作自由度は高くて色々と便利な用途を持たせることができるんだけどね。郵便配達用の『機械鳥《ゴーレムバード》』とか、いい例だね」

そういえば、あの見事な『時忘れの都』の建物も建築用のゴーレムを使って造った、というような話もリーンから聞いた。それなら、きっと他の生活に役立つゴーレムもたくさん作られているのだろうと思いながら俺はラシードの解説に耳を傾けた。

「ゴーレム専門の優秀な技師は数が少ない上に、だいたい大規模商会に囲われてるからそこいらで見かけることはないと思うけど……これから首都に行けば、どこかで会えると思うよ。君、お金ならもうあるんだし、せっかくなら彼らに好みのゴーレムでも作ってもらったら？」

「それは確かに面白そうだな」

ラシードに言われるまで考えてもみなかったが、それは非常にいい、と思った。

畑仕事を勝手にしてくれるゴーレムなんてあったら便利そうだし、単純な命令しか出来なくても水の管理とか肥料やりとかを延々とやってもらえたらもうそれだけで十分だろう。

獣人たちの村に持ち帰ればあの広い農園も快適に管理ができるようになるかもしれない。

今から行く街の市場に俺の目的にピッタリの物が売っているのかは定かではないが、好きに作ってもらえると思うと夢は大きく広がる。ならば、どんなものを作ってもらうのがいいか……と、俺がそんなウキウキした気分になっていたところだったのだが。


「ノールさん。あそこ、見えます？　ちょっと様子がおかしいですよね」

「……ん？　どこだ？　俺には何も見えないが」


シレーヌが遠くに何かを見つけたらしく、警戒を高めた声で俺に話しかけてきたが言われてじっと目を凝らしてみても何も見えない。だが、シャウザはシレーヌ同様に何か異変に気が付いたらしく、ただでさえ険しかった顔をいっそう険しくさせた。


「────砂嵐だ。それと、嫌な匂いがする」

「嫌な匂い？」

「ああ。すぐにでもこの馬車を止めたほうがいい」

「……とシャウザが言っているが。リーン、どうする？」

「イネス。一旦、ここで馬車を停めましょう」

「わかりました。周囲には最大限の警戒を」

程なくして俺たちが停まった馬車からぞろぞろと降りた後、改めて目を凝らすと、シャウザの言った通り砂漠の彼方で小さな砂嵐が立ち上がるのが見えた。その砂嵐は少しずつ大きくなりながら、真っ直ぐに俺たちの方に向かってくるようだった。

「すごいな。シレーヌとシャウザはよくあんなのを見つけたな」

「私、目は割と良い方なので」

「俺も自分は目が良い方なんだと思っていたんだが……二人にはとても及ばないな。獣人というのはみんなそうなのか？」

「いや。獣人でもこの距離で視える奴はそうは居ない」

「そうか」

ということはもしかして、俺は今まで通り自分の目の良さに自信を持っていいのだろうかと思いつつ、いや、やはりそんなほどでもないだろうと首を振る。

俺が知っている獣人というと子供の頃に色々と技術を教えてもらった【狩人】の訓練所の教官ぐ

らいだが、思い返してみるとあの人は俺とは比べ物にならないぐらい目が良かったように思う。

あれを単に『目がいい』というのも少し違う気がするのだが。


――――あれは当時、十二歳だった俺が【狩人】の訓練期間の中盤に差し掛かった頃だった。

その頃、俺は弓を全く使わせてもらえなくなっていた。

それは力加減のわからない俺が触れた弓という弓を全てへし折り、ついには訓練所の弓が一つもなくなってしまったからで、自業自得ではあるのだが。

そんなわけで、弓に触ることすら許してもらえなくなっていた俺だったが、当時の俺はそれでも、どうしても弓の練習をしたかった。

そこで俺はある日思い立ち、誰もいない深夜に訓練所に忍び込むことにした。

案の定、夜間の見張りは誰もおらず、俺が訓練用の弓を見つけ、一人でこっそり練習をしようと手に取ろうとした時のことだった。


突然、暗闇の中に鈍く光るものが見えた。

俺は思わず飛び退いたが、それが月明かりを反射する無数の矢だと気づいた時にはもう遅く、まるで生き物のように軌道を変えながら襲いかかってくる数十本もの矢はあっという間に俺の服を貫き、そのまま俺を訓練所の石の壁に縫い付けた。

あっという間に全く身動きできなくなった俺はきっとそこで見張っていた誰かに見つかってしまったのだろうと思い、とにかくまずは謝ろうと辺りを探ったが、いくら見回しても誰も居ない。

結局、その矢は当時の俺ではどうあがいても抜くことができず、翌日の朝まで俺はそのままの状態だったのだが。


翌朝、そのままの格好で寝ていた俺は出勤してきた【狩人】の教官に起こされ、「……やっぱりアンタだったか……」と呆れ顔をされた。

俺は早速、昨日の出来事を正直に話して謝った。

そして、聞けば、やはり昨晩の矢は彼女が放ったものだったという。


彼女は俺が訓練所に忍び込んだ時、自宅でぐっすりと就寝中だったが「コソ泥《おれ》」の気配を察して目を覚ますと、そのまま枕元にあった弓を手に取り寝室の窓から矢を放ったという。

俺が必死に矢を射った相手を探しても見つからなかったはずだ。

彼女の家は訓練所から遠く離れた場所にあったのだから。

そんな場所から俺の衣服だけを狙い、一切傷つけることなく壁に縫い付けてしまうのだから恐ろしい。

深夜に起こされた為、寝ぼけて手元が狂ったが、だいたい狙い通りに当たっていたそうだ。

そうして大量の矢を射ってスッキリしたところで、彼女は再び就寝したという。

そんな話を彼女から聞いた俺は恐れ慄《おのの》き、子供ながらに「この人の目が届く範囲では決して悪いことはできない」と真剣に反省したことを覚えている。


そういうわけで、俺は改めて彼女に忍び込んだことを謝り、それからは真正面から弓を使わせてもらえるよう、しつこく頼み込むことにした。

そうしてついには、根負けした彼女に私物の「普通の人は引けないけど強い弓」をいくつか貸してもらい、弓の練習を再開させてもらうことになるのだが。

結局、俺はその全てをへし折った。

どうも俺には弓の才能がとことんないらしかった。

以来、俺は完全に弓の練習をさせてもらえなくなり、もちろん、それは当然の成り行きで仕方のないことなのだが……今思えばあの弓、かなり高そうな物ばかりだった気がする。

彼女には改めて何かお詫びを考えなければならないと思う。

これから行く街でいい弓があったら買って帰るか……などとぼんやりと考えながら辺りを眺めていたのだが、見る間に雲行きが怪しくなってきた。


「……あの嵐。やっぱり、おかしいと思います。普通の風の動きじゃありえないです」

シレーヌの言葉通り、遠くに見える砂嵐はどう見ても普通ではない動きをしている。

こちらに真っ直ぐ向かってきていたはずがいきなり二つに分裂し、真横に軌道を変えていく。

「……こっちでは、こういうのはよくあることなのか？」

「いや。あれぐらいの大きさの砂嵐なら別に珍しくもないけれど……あんな動きをするものは僕も見たことがないね」

いつも余裕のある態度を崩さないラシードからもいつの間にか笑みが消えていた。

その奇妙な嵐はまるで俺たちを囲むかのように水平方向へぐんぐん拡がっていく。

見る間に前後左右、全ての方角が砂塵の壁で覆われた。

「……あそこ。誰か、いませんか？」

またもや何かを見つけたらしいシレーヌが嵐の中を指差すと、すぐさまシャウザも反応する。

「ああ、嵐の中に不審な人物がいる。まずあれを警戒するべきだ」

「ですね」

俺も必死に目を凝らすと、だんだん人影らしきものが見えてくる。

確かに何やら妙な格好をした不審な男がニヤニヤと楽しそうに笑っている。

「あれは……もしかして」

「ノール先生。私には何も見えませんが、あそこに誰かいるのですか？」

「ああ。顔に黒い包帯をぐるぐる巻きにした、半裸の男がニヤニヤと楽しそうに歩いてくる」

「顔に黒い包帯と……半裸？　……楽しそう？」

俺の説明にリーンは多少混乱したようだったが、俺たちの会話を聞いていたラシードからは余裕のある表情が完全に消えた。

「それがもし、僕が知っている人物だとしたらちょっとまずい状況かもしれない」

「ああ。俺もあいつには以前会ったことがあるが、確かにちょっとまずい奴だった」

「……そうかい。流石だね」

「ノール先生。あそこにいるのはまさか、あの【死人】のザドゥ……？」

「ああ。確か、そんな感じの名前だったような気がする――――」

俺がリーンと会話をしていると突然、男の姿が視界から消えた。


「パリイ」


瞬間、考えるよりも早く俺は剣を振った。

同時に『黒い剣』が歪んだかと思えるほどの重さと、轟音。

振った剣と何かがぶつかった衝撃で周囲の砂が一斉に吹き飛んだ。


「――――久しぶりだなァ、変な奴」


気づけば、目の前にあの奇妙な格好をした男が立っていた。

「……いきなり、危ないじゃないか。誰かに当たったらどうするんだ？」

俺はとりあえず、いきなりぶつかってきた男に文句を言ったが、顔に黒い包帯のようなものを巻き付けた男は変わらず不気味な笑みを浮かべるばかりだった。

「相変わらず、お前とは話が噛み合わねェなァ？　……ソレが例の『黒い剣《おたから》』かァ。どうやっても傷はつけられねェってことだったが、本当みたいだなァ？」

男が手にしていた二本のナイフに亀裂が入ったかと思うとボロボロと崩れ落ち、持ち手だけになったそれを男は砂の上に無造作に投げ捨てるとまた腰にぶら下げた無数の鞘から新たな二本を引き抜いた。

「またロロを狙いにきたのか？」

「今日はそっちじゃねえ。ソレだ。お前が持ってる奴」

「……『黒い剣』を？」

「あァ、そうだ。だからソレ、大人しく俺に渡してくれねえかなァ――――？　そうすりゃ、こっちだって面倒な仕事はやらずに済むんだが」

「当然、断る」

「ま、やっぱりそうなるよなァ――――？」

また、男の姿が視界から消える。

「パリイ」

背後に嫌な気配を感じ、思い切り『黒い剣』を振ると何か硬いものが当たる感触。
奇妙な男が剣に弾き飛ばされ、手にしていた二本のナイフが砕け散る。

「……そういうのはやめてくれと、前にも言った気がするんだが」

だが男は空中で腰にある大量の鞘からまた短刀を二本引き抜きつつ、ふわりと地面に着地した。

「……あァ、やっぱり面倒だなァ。お前の相手するの、本当に嫌なんだよなァ？　とにかくしつこいし、蒐集品《コレクション》は片っ端から壊れるし」
「じゃあ、帰ってくれないか？」
「そういうわけにもいかないんだよなァ。今回は一応、お得意様からの依頼なんでなァ？」

再び、笑う男の姿がゆらりと消える。

「パリイ」


俺は男の攻撃のタイミングに合わせ、思い切り『黒い剣』を叩きつける。

すると男は勢いよく弾き飛ばされはするものの、何食わぬ顔で地面に着地し、壊れた短刀を捨てて新たな短剣を腰から引き抜いた。


「とはいえ。お前なんかいちいちまともに相手にしてるとキリがねえんだよなァ。どうするかなァ……？」


男がリーンに視線を向けると、すかさずイネスが前に出る。

同時にラシードを守るようにしてシャウザも前に出た。


「――リンネブルグ様。私の後ろへ」

「すみません、イネス」

「ラシード様も、そこから動かぬよう」

「ありがとう、シャウザ。悪いけど任せたよ」

奇妙な男はイネス、シャウザと睨み合うとまた、嬉しそうに笑った。

「……なるほどなァ、お前が例の【神盾】だったのかァ？　それに、そっちにはサレンツァ家の嫌われ者の御曹司に、こないだの魔族。どういうワケか、ここには金目のモノがぞろぞろと並んでやがるが……でも、まァ。今日はお前らには用はねェんだよなァ――――？　勿体無ェが、優先順位ってモンがあるんでなァ」

不気味に笑う男が再び俺の視界からゆらり、と消える。

「パリイ」

今度は首の後ろに鋭い気配を感じ、振り払う。

刃が届く寸前に剣で払えたからよかったようなものの、少しでも反応が遅れたら確実に男のナイフは俺の首に突き刺さっていた。

「いい加減、やめてくれないか？」

「お前が素直にその剣を渡してくれたら、すぐにでもやめられるんだがなァ？」

「それはできないと言っただろう」

「だよなァ。だったらわざわざこんな回りくどいやりとりせずに、最初から素直にあっ、あっちを使うべきだったなァ」

「あっち？」

男は俺の疑問に答える代わりに二本のナイフを持った腕を無防備にだらりと垂らすと、砂漠の彼方を眺めた。

その視線の先には巨大な嵐が、勢いを増しながら俺たちに向かって近づいてくるのが見える。

「──そのために、わざわざあんな面倒臭えモン拵《こしら》えたわけだしなァ？」

男が見守るその砂塵の中には、銀色にきらめく鋭い何かが大量に交じっているのが見えた。

164 シレーヌの弓 2

「あれは、もしかしてお前がやったのか？」

「……あァ？　今頃気づいたのかァ。お前みたいなのが相手じゃァ、普通のやり方してたら埒《らち》があかねえだろ？　でも流石にあれは初見じゃ対処できないんじゃないかと思ってなァ――――？」

見るからに自然災害級の嵐が砂漠の岩山を砂糖菓子か何かのように砕いていく。

見れば嵐の中には銀色の刃物が無数に交じっており、それが岩を削っているらしかった。

それを見て、リーンが青い顔をする。

「あれは、まさか。嵐の中に銀十字《シルバークロス》があんなに……!?」

「シルバー……なんだったか、それは」

「あの男……ザドゥの武器です。あんなものがここに来たら……！」

「まァ、お前自体は巻き込まれても平気かも知れねえがなァ？　だが、そいつらはどうだろうなァ

「────？」


確かに俺だけであれば【ローヒール】で持ち堪えられそうだが、こちらにはリーンやロロたちに加え、馬車を引く馬たちだっている。

巻き込まれでもしたら、全員タダではすまないだろう。


「……イネス。どうにかならないか？」

「すまない、ノール殿。あれは私でも完全には防げない」

「そうか」


イネスでも対処が無理となると、もうどうしようもないのではという気になる。

前のように投げつけるモノもないし、あったとしてもあの量には対処しきれない。

逃げ道も完全に塞がれていることを考えると、相当まずい事態になっている。


「そういうワケだから、ソレ、大人しく渡してくれねェかなァ？　そうすりゃ、周りの雑魚の命は助けてやれるんだが」

「────わかった。これを渡せばいいんだな？」

「……ノール先生!?」

「仕方ないだろう。すまないが、他の方法が思いつかない」


少し悩んだが、答えはすぐに出た。

最初、男に強引に奪われそうになった時は絶対に渡すつもりはなかったが。

この『黒い剣』はもはや俺の相棒のようなもので大事なことは大事だが、仲間を傷つけてまで手元に置いておかなければならないものではないとは思う。

リーンのお父さんには悪いが、背に腹は代えられない。

彼も娘の無事のためならきっと理解してくれる……と思う。


「もう一度、確認するが。本当に助けてくれるんだな?」

「……あァ。今回はソイツらの命には用はねえし、必要なのはその剣だけだからなァ」

「あの、ちょっと待ってくれませんか、ノールさん」

「……シレーヌ?」

「そんなことしなくてもあれ、別に大丈夫だと思いますよ」


俺が黒い剣を男に差し出そうとしたところ、不意に俺の隣に立ったシレーヌが事もなげに言った。

「シレーヌはあれに巻き込まれても平気なのか？」

「……いえ。そういう方向性は絶対に無理なんですけど、要はあれ、全部撃ち落としちゃえばいいんじゃないかな、って思ったんですが」

「あれを全部？」

「……そんなことが？」

シレーヌのあれ、とは嵐の中の無数の小さな銀の刃のことを言っているらしかった。

彼女の手には弓があり、それで全部撃ち落とそう、という話のようだったが。

「だが、結構数があるぞ？　あの嵐の中でもできるのか？」

「はい、たぶん。あの風もその人が無理やり作ってるだけみたいなので、よく見ると綻びが半端ないですし」

「俺にはよくわからないが。やれるなら、頼みたいんだが」

「その間、その人が妙なことをしないようにしてもらえれば嬉しいんですけど」

そう言って、シレーヌは奇妙な格好をした男に鋭い視線を向けた。

「だそうだが？」

「あァ？　まさか俺に言ってんのかァ？　嫌に決まってんだろ」

「……だそうだぞ、シレーヌ」

「……あ、あの？　私、ノールさんに言ったつもりだったんですが……？」

「なるほど。わかった、俺が見張っておく」

「……はい。それで十分です。というわけで、リンネブルグ様、そんな感じでやらせてもらってもよろしいでしょうか？」

「はい、シレーヌさん。可能ならぜひお願いします」

「では、行きます」


シレーヌはリーンから許可をもらうと早速、手にした弓に矢を番え、弦を引く。

「まず────一、つ」


シレーヌが放った一本の矢はすぐさま巨大な砂嵐に呑み込まれた……かと思いきや。

矢は嵐の中に飛び込むと風向きに沿ってぐんぐんと勢いを増していき、やがて、銀色の物体を一つ、嵐の外に弾き出した。

俺の足下に十字型の刃がストン、と突き刺さる。

驚いたことに、銀の刃を嵐の中から弾き出した矢はそのまま飼い慣らされた鳥か何かのようにシレーヌの元に戻ってくると、シレーヌはそれを二本の指で受け、再び弓に番えるとまた迷いなく弦を引く。


「次。十」


シレーヌの放った矢はまたもや嵐の中に吸い込まれるようにして消えていく。

だが、その矢は嵐の中で強烈な追い風を受け先ほどよりも勢いを増し――

宣言通り、十の銀の刃を嵐の外に弾き出す。


「……なんだァ、お前？　まさか、あの風の目が全部見えてンのかァ？」

「流石に全てとはいきませんけど……大体は」

「なんだそりゃァ。お前もちょっと、面倒くせえなァ？」

「――次。百」

シレーヌは再び戻ってきた一本の矢が足元の砂に突き刺さるのを眺めつつ、次はゆっくりと四本の矢を弓に番え、一斉に放った。

すると放たれた四本の矢はそれぞれ別々の軌道で砂嵐の中を駆け巡り、高速で回転する無数の銀の刃をバラバラと砂漠に撒き散らす。

「で、次。千」

まるで砂漠に銀の雪が降るような異様な光景を作り出したシレーヌはそのまま落ち着いた表情で次の十本の矢を手にすると、澱みない動作で再びそれらを空に放つ。

すると、その十本の矢は統率の取れた渡り鳥の群れのように美しい弧を描き、一斉に嵐の中にするりと舞い込んだかと思うと狩りをするかのように銀の刃を襲い、激しい音を立てて触れたもの全てを叩き落としていく。

再び、砂漠の青空を銀色の雪が舞う。

「――――次。二千」

シレーヌは再び別の十の矢を手にするとまた弓に番え、放った。

それら十本の矢は今度は二つの巨大な砂嵐の間を交互に縫うように行き来しながら、その風の力だけを受け取るようにして加速し、何度も何度も嵐の中に飛び込んでは抜けてを繰り返す。

その度に大量の銀の刃が舞い、砂の地面に突き刺さる。


「……すごいな。よく、あんなことができるな？」

「こんな感じの練習、実は前にミアンヌ師匠にやらされたことがあって。むしろ、その時よりも的が大きいので、まあ、まだいけるかな……？　って」

「シレーヌはこれを練習でやってるのか？」

「はい。というか……練習もしてないことを本番でいきなりやるなんて、土台無理な話じゃないですか？　本番で練習したこと以上のものが出せることって、まずありませんし……大体、私は緊張しちゃってやったことの半分も出せないです」

「まあ、それはそうかもな」

「なので、師匠にはいつも『練習は常に実戦の百倍を想定してやれ』って言われてて」

「……百倍？」

「じゃないと練習の意味がないからって」


まず、俺の知る身の丈が人の十倍ほどのゴブリンを一とする。

大体、ゴブリンエンペラーがその十倍となるらしいので、百倍というとそのまた十倍か。

そんな化け物を想定して普段から俺が練習をするとなると……？

――――想像するだけで、怖すぎる。

「まあ、流石にそれは精神論すぎて無理なので、私は適当に十倍ぐらいで妥協するんですけど」

「……俺も、それがいいと思う」

「――――あれは十分、その範疇に収まります」

シレーヌはそう言って、自分が放った矢が巨大な砂嵐の中の銀の刃を撃ち落としていく様子を眺めつつ、手に持つ弓に矢を番えた。


「――――次。四千」


シレーヌが矢を解き放つと、青い空に渡り鳥の群れのような十本の軌跡が描かれる。

それらはまるで意志を持った生き物であるかのように砂嵐の頂部を数回くるり、と回ったかと思うと一斉に砂嵐の中に飛び込み、追い風を受け勢いを増しながら上から順に嵐の中で高速回転する銀の刃を綺麗に外へと弾き出していく。

砂漠の砂が再び、銀色で埋まっていく。

この分だと、シレーヌの矢によって全ての刃が叩き落とされるのも時間の問題だった。


「……ったく。嫌になるなァ？　あれ作るの面倒臭ェのに」

「さっき彼女を邪魔すると言っていたが、しないのか？」

「――――やってンだよ、今。あれは全部、俺の魔力で動かしてるんだからなァ？　風も乱して読まれねえようにやってるが、思った以上に何もできてねェ」

「そうなのか」

「あァ。あんな無軌道な風の流れを完全に読めるなんて頭のイカれた奴、想定してねェ。元から相性が悪すぎるんだよなァ……？」


そう言いながら俺と一緒に砂嵐がかき消されていくのを眺めている男はどこか、楽しそうでもあった。


「……ちなみに、シレーヌ。その、千とか二千とか、言わないとダメなのか？」

「こ、これはまあ、癖というか……習慣で？」

そうして、空に舞う大量の矢と銀の刃を眺めながらシレーヌはゆっくりと深呼吸し、弓に矢を番えて弦を引く。

「次――――一万」

シレーヌの弓から無数の矢が一斉に放たれる。

矢の群れは真っ直ぐに嵐の中に飛び込むと、中で舞う大量の銀色の刃を次々に撃ち落とし、次第に上へ上へと伸びていき、砂嵐の直上へと抜けた。

そして一旦、役目を果たし終えたかに見えた矢は砂漠の空でぐるりと優雅に弧を描くと、上空の風で勢いを得たような様子で再び、より鋭く速くなって嵐の中へと戻っていく。

そうして、また同じ矢が銀色の刃を千、二千と打ち落とす。

「本当にすごいな」

それからはもう、俺はただシレーヌが放った矢が銀色の刃を落としていくのを眺めるばかりだった。

シレーヌの矢が全ての十字の刃を叩き落とし、俺たちを囲む砂嵐をかき消すまでそう時間はかからなかった。

飛ぶものが何も見えなくなるとシレーヌは弓を構えていた腕を下ろし、一息ついた。


「これで、終わりですかね」

「ああ、本当に終わったな」

「あァ、どうやらそうみてえだなァ……？」


俺とザドゥとシレーヌは三人並んで立ちながら物静かになった広大な砂漠を眺めた。

散らばった十字型の刃はもう動く気配もなく、ただ上から降り注ぐ陽の光を反射して砂の上でキラキラと輝いているだけだった。


「じゃ、今日の商売はここまでかなァ」

「もう帰ってくれるのか？」

「あァ。今回の依頼はただソレを奪うだけでいいって話だったんだが、取り巻きがここまで面倒臭えときたら、もう馬鹿馬鹿しくてやってられねェ」

「だそうだぞ、シレーヌ」

「はい」

一仕事終えたシレーヌの表情は満足げだった。

「落ちてるあれは持って帰るのか？」

「あんなの元はただの『聖銀《ミスリル》』だしなァ。また錬成《つく》ればいいだけだ。いちいち回収する方が面倒臭ェし。欲しいならやる」

「いや、俺もいらない。だが、あのままだと危なくないか？」

「知らねェよ、そんなこと」

そう言って男は面倒臭そうに砂の地面に落ちた装飾めいた短刀の持ち手を一つ、拾い上げた。

「ま、今日のところは下見だけってことにしておくかなァ。できればお前を殺せるか、ソレを奪えるかのどっちかが良かったんだが」

「まさか、また来るつもりなのか？」

「当たり前だろうがァ。俺もお前になんか二度と会いたくねえし、もう来たくねェところなんだがなァ。仕事だし、そうもいかねェんだ」

「……そもそも。あんなすごい特技があるのなら、こんな強盗まがいの物騒な仕事は辞めて別の職に就いた方がいいんじゃないか？」
「……あァ？　それは俺に言ってるのかァ？」
「他に誰がいる」
「……お前。やっぱり、おかしいよなァ……？　なんで、俺の前でそんなに落ち着いて喋ってられるんだァ？」

男は顔に巻いた黒い包帯の下から俺の顔をまじまじと見つめると、

「やっぱり頭――おかしいんだなァ？」

そう言って嬉しそうに笑った。

「しっかしなァ。ただ奪うだけでいいって話だったんだが、こりゃあ、依頼料の再見積りも視野に入れなきゃなァ？　まず取り巻きがここまで面倒臭えときた。おまけに――」
「なんだ？」

不意に男の周囲の砂が盛り上がる。

同時に砂から大量の銀の刃がザワザワと男の身体を這うようにしてまとわりつき、それらが一瞬、真っ赤に光り輝いたかと思うと――見慣れない赤黒い刃を手にした男が、ニタリ、と微笑《わら》っているのが見えた。

「パリイ」

心臓に真っ直ぐ向かってきた赤黒い刃《それ》を、俺は『黒い剣』で打ち砕く。

「――当の持ち主が、前よりずっと厄介になっちまってるってのは一体、どういうことなんだろうなァ？」

男は根本から粉々になった赤い刃を愉しそうに眺めながら、俺に背を向けた。

「じゃあなァ、変な奴。また後でなァ……？」

そうして奇妙な姿の男は黒い包帯の下に何度目かの不気味な笑みを浮かべると、俺たちの前から煙のように忽然と姿を消した。

【とある使用人と新たな主人】

「……君が例の新人の使用人《メイド》かい？　名前は」

「メリッサと申します。本日よりラシード様の下《もと》で働かせていただきます」

「うん、よろしく。僕がこの家の主人のラシードだけど、別にそんなに畏《かしこ》まらなくてもいいからね」


屋敷の扉を自らの手で開けた少年は、目の前に佇む物静かな雰囲気の少女の顔をじっと見つめた。


「君、幾つ？　話し方と雰囲気の割に若く見えるけど」

「……今年で十二になります」

「へえ、僕とちょうど同い年かぁ……いいね。ちょうど話し相手が欲しかったんだ。昔から仕えていた使用人たちが何故かみんな一斉に辞めちゃってね。そこそこ広い屋敷に一人で退屈してたんだ。さ、遠慮なく入ってよ」

「失礼します」

屈託なく笑う少年に案内されるまま、少女メリッサは広い屋敷の奥へと足を踏み入れた。長い廊下から見える優美な庭園には目もくれず、ただ静かに後ろをついて歩くだけの少女を屋敷の主人ラシードは時折興味深そうに眺め、ある時ふと思いついたように声をかけた。

「ねえ、メリッサ。早速だけど、ひとつ聞いていい？」

「はい、何なりと」

「じゃあさ、君が服の下に忍ばせてるその刃物だけど。一体、何の為に持ってきたんだい？　見た感じ、人を殺すのに向いた形状のものだと思うけど」

「――――ッ！」

少年は流れるような手つきで少女が衣服の下に潜ませていたナイフを取り上げると、そのまま少女の身体を廊下の壁に押し付けた。

「……ダメじゃないか、メリッサ。これから使用人として仕えようという主人の家にこんな危ないものを持って上がり込んでは。もしかして、君はこれで果物の皮でも剝いてくれるつもりだったの

かい？」

「……それは、護衛用です。ラシード様をお護りするための」

壁に押し付けられた少女は澄ました顔のまま、少年にそう言った。

少年は少女の表情の変化をじっくり観察すると、一転して愛想の良い笑みを浮かべた。

「ああ、なんだ。そうだったのかい。疑って悪かったね。事前にそんな話は聞いていなかったし理由も多少不自然だけど、そういうことなら仕方ない。じゃ、返すよ。ほら」

「……ありがとうございます」

にこやかに笑った少年は少女の腕から手を離し、奪ったナイフを差し出した。

少女がナイフを受け取ると、少年は何事もなかったかのように自宅の案内を続けた。

「じゃ、奥にどうぞ、メリッサ。掃除や洗濯は見ての通り全然行き届いていないけど、遠慮なく入ってよ。ま、どれもいずれは君がやることになると思うけど」

「……失礼致します」

「一応、どんな部屋があるか簡単に説明していくね。まず、さっき通ったのが応接間。で、そっちがひとつ目のキッチンで、その奥には使用人用の簡易キッチンがある。庭園の向こう側にも大きめの厨房があるけれど、あっちは普段は使わないんだ。大勢の客を招いたとき用の奴だからね。大体、来客用に料理するときには専門のシェフを雇って作らせるから、君は出入りしなくていいよ」

「かしこまりました」

「……ああ、そうそう。メリッサ。君にもう一つだけ、聞きたいことがあったんだった。いいかな？」

「……はい、何なりと」


少年は立ち止まって振り返ると、後ろに佇む少女に微笑みかけた。

「じゃ、単刀直入に聞くけど……君の雇い主って誰なんだい。僕の知ってる人？」

「と、言いますと」

「はは。しらばっくれるなよ」


表情を変えず立ち止まったままの少女の前で少年は笑った。

「君をここに寄越した本当の雇い主は誰か、って聞いてるのさ。やっぱり親父の財産の優先継承権のある本家の大叔父さん？　それとも、ステジーニ大伯母さん？　それともあの欲深い弟たち、アリとニードのどちらかかな。あいつら、お小遣いをもらい始めた頃だろうし、張り切って使い込むならまず僕の命を狙うかなって思ったんだけど。どうだい？　どれか当たってる？」

「私にはラシード様が何をおっしゃっているのかわかりません」

廊下に佇む少女は無表情のまま、少年の質問に答えた。

「ま、別に君の雇い主が誰かなんていいんだけどさ……君が誰に騙されてるのか、ってことが気になってね。あと君のその態度、肯定の返事にしかなってないよ。もうちょっと演技を勉強するといい」

「……申し訳ございません」

「ま、それはそれとして。喉が渇いたね。とりあえずお茶でも飲もうか。向こうにお茶用の部屋がある」

そう言って再び屋敷の奥に歩き出した少年だったが、少女の足はその場から動かない。

「おや。どうしたんだい、メリッサ。そんなところで立ち止まっていないで、向こうで僕にお茶を淹れてくれないか。喉が渇いたんだ」

「……かしこまりました」

「ほら、もう見えるだろ？　そこの棚に僕がいつも使っているティーセットがある。そこそこの値段がする品だから、扱いは丁重にね」

少女は少年に指示された通りの茶器を使い、お湯を沸かしてお茶を淹れる。

座って様子を見守っていた少年のテーブルに、少女はお茶を注ぎ入れたばかりのティーカップを運ぶ。


「……どうぞ」

「ありがとう。でも、どうしたんだい、メリッサ。手が震えてるよ」

「……っ。これは」

「あはは、君、いちいち反応が面白いねぇ。もしかして人を殺すのは初めて？　そんなのでよく、僕のところに送り込まれてきたよねえ……それとも、その動揺は僕を油断させる為の演技かな？　僕にはとてもそうは見えないけど」

「……っ……」

「ねえ、メリッサ。これだけは言っておきたいんだけど」

少年はそう言って冷ややかな笑みを浮かべると、少女にそっと顔を近づけた。

「――致命的だよ、その甘え。他人への無条件の優しさ、とでも言い換えた方がいいのかな。まさか、そんな風に自分の弱さを見せることでどこかの誰かが情けをかけてくれて、苦しい場所から救ってくれるとでも思ってる？　君、そんなのでよくこれまで生きてこれたねえ。その仕事、向いてないいんじゃない」

「……っ……！」

少年は冷たく言い放ちながら少女の震える手からティーカップを受け取り、背を向けた。

「君さぁ、はっきり言って無能だよ。どうしてそんな仕事に就いちゃったんだい？　ま、どちらかというと君にこんなことを任せた奴が無能なんだろうけど」

自分に背を向けた少年の言葉に口を引き結ぶメリッサ。

「――私のような者に、仕事を選ぶ権利があるとお思いでしょうか？」

「無さそうだね、その有様じゃ。その格好も丸見えだし。ほら、そこに鏡」

「……っ!?」

少年の背後でナイフを掲げていた少女は自分の姿が壁掛けの鏡に映っていることに気がつき、反射的にナイフを引いた。

そんな少女の行動を面白がるように微笑みながら少年はゆっくりと振り返る。

「あれ、どうしたんだい、メリッサ。君の仕事を続けないのかい？　やりづらいなら僕はさっきみたいにずっと後ろを向いていてあげようか。ほら。今度は鏡も見えないように目を瞑るから。どうぞ、ご自由に」

少年はそう言って目を瞑り、大げさに両手を広げて身体を翻してみせた。

一方、少女は少年の背中を前に逡巡しつつナイフを持ち上げたが、途中でぴたりと手を止めた。

「……ラシード様。この館にずっとお一人でいらっしゃる、というのは？」

「もちろん、嘘に決まってる。使用人がみんないなくなったっていうのは本当だけどね……警備員なら、僕のお小遣いで賄える程度雇ってる。皆、けっこう敏腕だよ。気配を殺して潜み続け、瞬きする間に君の心臓を正確に矢で射抜くぐらいには。というか、君もよくこの距離で気づいたね？　前言撤回。君、そこそこ優秀だよ。そこまで技能は低くないと思う」

笑う少年の背後でナイフを構えていた少女は周囲の様子を窺いながらゆっくりとナイフを下ろし、項垂《うなだ》れた。

「……となれば、もう私にできることは御座いません。このまま私を処分なさるなり、拷問なさるなり、お好きになさればよろしいかと」

「おや、もう諦めるのかい？　意外と判断力はあるんだね。それもどちらかといえばプラス査定かな……ま、そう早まるなって。僕は君を雇わないなんて言ってないだろう？」

「……？」

「僕はね、僕の命を狙ったからといって君を責めるつもりはないんだよ」

そう言って変わらず笑みを浮かべる少年はティーカップを片手に振り返り、怪訝そうな表情を浮かべる少女の前で椅子にゆったりと腰掛けた。

「君さ、別に僕に個人的な恨みがあるとかじゃないんだろ？　あくまでも仕事としてここに送り込まれただけで」

「……それは、まあ。そうですが」

「それならさ、メリッサ。君、このまま僕の所で働かない？　予定の使用人契約よりも給料は上げてあげるからさ」

予想だにしていなかった少年の提案に少女は目を丸くした。

「……どういう風の吹き回しでしょう。先ほど、私のことを無能と仰ったばかりかと」

「うん、そうだね。君は紛《まご》うことなき無能だよ。暗殺対象とこんな風に呑気に会話をしてるようじゃね？」

「それならば――――！」

「でも君自体は別に、悪くない……うん、やっぱり気に入った。今の雇い主に見放される前に僕が雇ってあげる。とりあえず、これぐらいの条件でどう？　前金ですぐに出せるからさ」

少年は笑顔で指を三本立てると衣服のポケットに手を突っ込んで白い硬貨を三枚取り出してテーブルに置いた。

少女はその純白の硬貨をしばし呆然と眺めていたが、少年はその顔を意外そうに覗き込んだ。

「あれ、足りない？　前はもっと高給だったのかな？　じゃあ――」

「お待ちください。貴方がこのまま私を雇うことに、なんのメリットが？　私を身近に置けばご自身の命を狙われ続けるとは考えないのですか」


　解せないという表情で少年の顔色を窺う少女に、少年はゆっくりと首を横に振った。


「おやおや、まさか君、僕の心配をしてくれてるの？　本当に呆れるほど優しいねぇ……ま、実を言うと僕としては別にそれでもいいと思ってる」

「と、いわれると？」

「君を雇うのなんて実際、大した理由じゃ無いってこと。僕に年の近い話し相手なんてほとんどいないし、単に側にいてくれたら面白そうだな、ってだけ」

「私に、そのお言葉を信じろと？」

「別に信じなくてもいいさ。信じてもらえるとも思わないし……ところで君、生まれは？　見たところ所作にも話し言葉にも品がある。奴隷上がりの暗殺者らしくない。それにその短刀の装飾、どこかで見たことがあると思ったら、確か隣国の一つにそういう刀剣を使う舞踊があった。でもあの国、ついこの間サレンツァ家《うち》に借金まみれにされてとり潰されてなかったっけ？　となると、君はその国の関係者？　それも身分は結構上の方。それがお国崩壊で奴隷にまで身をやつし、僕の暗殺なんかに送り込まれるほど落ちぶれた……とか？」

饒舌になった少年は笑いながら沈黙する少女の顔を覗き込む。

「どうだい？　僕の推理、当たってる？」
「……。ご想像に、お任せします」
「あはは。やっぱり君は嘘が下手だねえ。面白いぐらい全部顔に出る。逆にそれが演技だとしたら相当なもんだけど……君、弱みを握られるの得意そうだね？　家族とか、人質に取られてる？」

そう言って可笑しそうに笑う少年を少女は冷ややかな目で睨みつけた。

「……ラシード様。弱い立場の者を弄んで何が楽しいのですか？」
「はは、ごめんごめん。つい。君の反応が面白くって……悪気はなかったんだけど」

そう言う少年は目に涙を溜めるほど笑い、しばらくの間ずっと愉快そうに腹を抱えていた。
ひとしきり笑い終えると少年は指先で涙を拭い、冷ややかな表情のまま押し黙る少女に向き直った。

「……で、どうだい、メリッサ？　まだ僕の提案《オファー》への返事をもらってなかったけど。もちろん、君の都合次第では前の仕事と掛け持ちしてもらったって構わない。君としては、そっちの方がずっと都合がいいだろう？」

逡巡する様子のメリッサ。

「……それで、ラシード様に何の利益《メリット》があるかわかりませんが。私に選択肢があるとも思えませんせん」
「利益《メリット》はさっき言った通りさ。僕は君という気軽な話し相手を得る。ま、僕の本当の目的を教えてあげてもいいけどね……君は僕が言ったことなんて、そのまま信じたりしないだろう？」
「もちろん、おっしゃる通りかと」
「はは。じゃあ、言わない。言っても一緒だろうしね。で、受ける？　受けない？　ま、僕としてはどっちでもいいけれど――――君にとっては全然、悪い話じゃないだろう？」

少年はそう言ってテーブルの上に並べられた三枚の白金貨を指し示した。

少女は窓の外にちらりと目をやり、諦めるように息をつくと恭しく礼をした。

「……それでは、ラシード様からのお申し出を有り難く受けさせていただきます。但し、お仕えする間、貴方の命を狙い続けても良いとのことであれば」

「あはは！　本当に君は正直だねぇ。そんなの僕が知らないところで勝手にやればいいのに。やっぱり向いてないよ、その仕事」

少年は笑いながら少女の衣服のポケットにそっと三枚の白金貨を差し入れると、手にしていたティーカップを少女に手渡した。

「それじゃ、改めてお茶を淹れ直してもらえるかい、メリッサ。せっかく淹れてもらったのに悪いけど、話が弾んだせいでうっかり飲み頃を逃してしまったよ」

「……かしこまりました」

「あ、それとね、メリッサ。今後の為の君へのちょっとしたアドバイスなんだけど」

少年に背後から呼び止められた少女の足が止まる。

「――君がさっき、そのティーカップに入れた毒のことだけどね。普通、こういう場面じゃ遅効性じゃなくて、即効性のあるものを使うんだよ。それにお茶なんて繊細な飲み物に入れたら大抵匂いで気付かれる。次にやるときはもっと考えてやるといい」

笑う少年の前で茶器を持つ少女の手は震えていた。

その震える指先を見て少年は一層楽しそうに笑う。

「ま、それはそれとして。僕のお茶はまだかな、メリッサ？　ずっと待ってるんだけど」

「――かしこまりました、ラシード様」

メリッサは窓の外の庭園から注がれる複数の視線を感じながら、新たな主人のカップにゆっくりと紅茶を注いだ。

【シンの帰郷】

「どうぞ、こちらをお受け取りください」

『時忘れの都』の館長、メリッサから呼び出された元剣闘士のシンは館長室の白いテーブルに置かれた見るからにくたびれた革袋を目にし、怪訝な顔で見つめた。

「……これは？」

「ノール様からお預かりしたものです。こちらを北にある獣人の集落まで届けてほしい、とのことでした」

「ノール？　ああ、闘技場で俺を助けてくれたあいつか」

シンは再び良く磨かれた白いテーブルの上に置かれたくすんだ色の革袋を傷だらけの顔で見つめると、得心がいったかのようにそれを手に取った。

すると、持つ手に少しばかりの重量感と、中からジャラジャラという石のようなものが擦れる音がした。


「中身はなんだ？　石のようなモノが入っているように思えるが」

「もし見てわからなければ、わからない方がいいと思います」

「なんだ、まさか危ないモノじゃないよな？」

「捉え方によってはそうとも言えますが、直接誰かに害をなすようなものではありません」

「……なんだそれは。謎かけか？　まぁ、いい。あいつには大きな借りがあるし、多少のヤバいお使い程度なら、喜んでやってやる。だが、北の集落と言っても色々あるんだが」

「中に届け先の地図が入っているそうです」

「なるほど、地図か。これか……んっ？　これがか??」


シンは受け取った袋の口を開くと、中に詰まっているキラキラと虹色に輝く石のようなものの上に無造作に置かれた小さな紙切れを取り出した。

その手紙のようなものには、確かに地図らしき絵と文章が書かれているが、その線は蛇のようにうねり、文字は非常に癖があり読み取りにくい上に、そればかりか書かれている内容も「太陽の登る方角を背にして右手に特徴的な形の砂の岩が見えたら左に曲がる」、「二つの奇妙な形の大きなサボテンの間をまっすぐ進んだ先」などの暗号めいた宝の地図のような要領を得ないものばかりだった。

　シンはしばらく眉間に皺を寄せて唸りながら、その難解な地図らしきものを睨んでいたが、ようやく得心がいった、という風に手を叩いた。

「……なるほどな。やっとわかった。要するにあそこか」

「心当たりはありますか？」

「ああ。地図の説明は正直なんのこっちゃわからなかったが……まあ、言わんとすることは読み取れた。届け先は俺の故郷だ」

「故郷、ですか」

　メリッサは一瞬意外そうな表情を浮かべたが、すぐに元の調子でシンに淡々と用件を告げた。

「では、これからすぐに届け先の場所に向かってください。他にも二通の手紙が入っていると伺っています。それも一緒に先方に渡してほしいとのことです」

「わかった。お安い御用だ」

「それと。こちらは貴方に」

「……なんだこれは？　こんなものは契約にはなかったと思うが」

「先の『特別試合』への出場の慰労金です」

メリッサから直接小さな包みを手渡されたシンは、相手がどこか申し訳なさそうな顔をしているのに気がついた。

「なんだ、アンタ。もしかして、俺を心配してくれてたのか？」

「……対『グリーンドラゴン』戦は原則として、過去に重罪を犯した剣闘奴隷にのみ組む試合でした。今回の対戦の提案《オファー》はラシード様のお考えもあってのことでしたが、今となっては館の運営の原則を曲げるべきではなかったと思っています……私は貴方があの条件で受けるとは思っていませんでした」

そう言って憂鬱そうな顔で俯いたメリッサにシンは笑顔を見せた。

「アンタの立場でいちいちそんなこと気にしてたらキリがないだろうに。ま、こっちだって提示された金に目が眩んで契約書にサインしたんだ、気にすんな。ここはそんなに居心地のいい場所じゃなかったが、アンタ自身は俺たち獣人を酷く扱わなかった。それだけでも感謝してる。その上、どういうわけか俺はこうして自由の身。ま、無職とも言うが。借金のない身で吸う空気は美味いもんだ」

メリッサの前でわざとらしく深呼吸してみせた後、傷だらけの顔で明るく笑いながら受け取った包みをくたびれた革袋の中にしまった獣人の男に、メリッサは小さく息をついた。

「……それでは届け物の件、頼みましたよ」

「ああ、世話になった。あとな。アンタ、あんまり小せえことをくよくよと思い悩むなよ？　自分じゃ気づいてねえかもしれねぇが、顔に出てるぜ」

「顔に」

不服そうに片手を自分の頬に当てたメリッサに背中を向けると、元剣闘士シンは『時忘れの都』を後にし、颯爽と砂漠に足を踏み出した。

そうして久々に懐かしい故郷に帰る――――はずだったのだが。

◇　◇　◇

「どういうことだ、これは……？」

記憶にあった通りの道を正確に辿り、故郷を訪れたシンはまず、自分がそこで目にしたものを疑った。

そこは確かに自分が生まれ育った集落がある場所で間違いはなかった。だが、見えたものはシンの記憶とはかなり趣が違う光景だった。小さな集落の外周にぐるりと城塞のような砂岩質の壁が聳《そび》え立ち、もしや帰ってきたつもりで全く別の場所を訪れてしまったのかもしれないとシンが自分の記憶を疑い始めていると、ふと自分の名を呼ぶ声がした。

「まさか、シン兄さん？」

振り返ると、そこにはシンの見知らぬ青年が立っている。

だが、口調と顔つきにシンの知る人物の面影があった。

「お前。もしかして、カイルか？」

「やはり、シン兄さんでしたか」

シンの生まれ育ったこの砂漠の集落《むら》は皆が家族のようなもので、血は繋がっていなくとも男同士は年上の者を兄と呼ぶ。そんな忘れかけていた風習すら懐かしく思いながら、シンはかつての弟分だった青年カイルに声をかける。

「随分と背が大きくなったな、カイル。しばらく見ないうちに見違えたぞ」

「もう十年近く経ちますからね。シン兄さん。都会に行って大金を稼いで来ると言って出て行ったきり戻ってこなかったので皆、心配していましたが……今まで何を？」

シンは記憶にある通りの実直な性格のままらしい、カイルの質問に思わず頬を掻いた。

「……ま、実は行った先で色々とあってだな。首都サレンツァまで無事辿り着いたは良かったが、怪しい商売に手を出してかなりの額の借金を作っちまって。で、気づいたら剣闘奴隷として働いてた」

「剣闘奴隷？　なぜ、そんな危ない仕事を」

「借金奴隷寸前の身で他にろくな選択肢がなかったってのもあるが、提示された賞金額に目が眩んでな。一発当てれば借金帳消しどころか、一山稼いで故郷のお前たちにもいい土産を買って帰れると思って剣一本で闘技場に飛び込んだんだが……なかなか一発逆転とはいかないもんだ。腕に自信はあったつもりだが、このザマだ」

　シンは自分の顔面についた無数の傷を自嘲気味に見せると、可笑しげに笑った。

「実はついこの前もかなり危ないところだった。だが、とあるお人好しの奴に救われてな。今回の帰郷はそいつへの恩返しの一環、ってのもある。実は俺自身、威勢よく出てきた手前、あんまり合わせる顔がなくて集落には当分帰るつもりはなかったんだよな」

「そうですか。では、僕はその方には感謝せねばなりませんね」

「それと。一応、言っておくが借金取りから逃げてきたわけじゃないから安心してくれよ？　なんでも隣国から来た奴らとやった『裁定遊戯《トライアル》』の影響で、『時忘れの都』のオーナーが交代するって騒ぎになってな。どういうわけか俺の借金も帳消しになった」

「……『裁定遊戯《トライアル》』？　『時忘れの都』のオーナーが交代、とは？」

「俺も経緯はよくわかってねえんだが、ともかく所属してた闘技場の興行は全面廃止。俺たち剣闘奴隷もお役御免になっちまったが、その代わりってことなのかは知らねえが全員の借金が帳消しになって晴れて俺も自由の身で出てこれたってワケだ」

「そうですか」

話を聞いたカイルは何かを考え込んでいる様子だったが、一方、シンは久々の故郷の空気を懐かしんでいるようだった。

「それにしても、村の雰囲気が変わったな。以前はあんな壁のようなものはなかったが」

「そうですね。僕からも兄さんに話すことはたくさんありますが、積もる話は集落の中に入ってからにしましょう。ここで立ち話をしているとうっかり警備の者に射貫かれかねません」

「警備の者？　射貫かれる？」

シンがふと顔を上げると、集落の中に幾つもの木造の見張り台のようなものが建っているのが見え、その上には数人の若者が並んで油断なく弓を構えている。

「……随分と物々しいな。なんだ、急に集落《むら》の中のどこかから宝物でも湧いちまったか？」

「実際、そのようなものです。必要に迫られまして、あのようにしています」

「……なんだそりゃ？　冗談のつもりだったんだが、本当に？」

「実はこんな風に村が変わったのもつい先日のことなんです」

「つい先日？」

「北方の隣国のクレイス王国からお客人が数名訪れまして。その方々が村の為にといろいろなことをしてくださったのです。それまではシン兄さんが知る通りの全く活気のない村でした」

「そうか、隣国クレイス王国からの来客か……最近、どこかで聞いたような話だな」


シンはカイルからの話に首を傾げながらも、導かれるまま集落の内部に入っていった。

集落の内部に入ってみれば概ね記憶にある通りの姿でシンは少しホッとしたが、どういうわけか記憶にあるよりもずっと小綺麗な印象で、人々の表情も活気に満ち溢れていた。

シンの存在に気がついた人々と軽く挨拶を交わしながら、集落の奥に向かうシンだったが。ふと、自分がまず帰郷の挨拶をしなければならない人物の顔を思い出す。


「そういえば、長老は元気か？」

「ええ、お元気です」

「そうか。俺が出ていく時にはもうかなりの高齢で、二度と会えないものと思っていたが」

「というか、前よりずっと元気になりました」

「なんだそれは」

「おおッ!?　お主はシン!?　シンではないかッ!?」


何かを説明しかけたカイルの声を遮る大声の主は、シンもよく知る長老だった。

遠くから大声を発したかと思うと砂埃を上げながら走り寄ってくる元気というにもあまりにも元気そうな老人の姿にシンは困惑しつつ、自分を子供の頃から知るその人物に頭を下げた。

「長老、お元気そうで。俺が集落を出る時に皆から金を集めてもらったにもかかわらず、このように何も成果を出さぬまま顔を見せることになり――――」

「そういう面倒な挨拶はいいわい！　今はそんな呑気なことを言っておる場合ではないのだ、シンよ。どこもかしこも人手が足りん。頼むから、お前も畑仕事か家造りを手伝ってくれ！」

「あ、ああ……？」

長老に強い力で両手を握られ、ブンブンと腕を振り回されたシンは思わず肯定の返事をしたものの、ふとおかしなことに気がつき、疑問をそのまま口にした。

「いや、ちょっと待ってくれ、長老。家造りの手伝いならまだわかるが、畑仕事？　この集落に畑などないだろう」

「以前はそうじゃったな。じゃが今は、ほれ。ここからでも見えるじゃろう？」

「なんだ、あれは……？」

言われるまま長老の指差す方角に目を向けると、確かに背の高い植物が生い茂っているのが見える。

「まさか、この砂漠に作物が育っているというのか？　うちの集落の脇に畑が？」

「驚いたか？　先日この村を訪れたお客人達は奇跡のようなことをいくつもしでかしてくれた。あれもその中の一つじゃよ」

白昼夢を見るような感覚でぼんやりと遠くの緑を眺めていたシンだったが、もう一つおかしいことに気がつく。

「……いやいや、待ってくれ。おかしくないか？　そもそも、水は？　水がなければ何も育たないだろう」

「ふふ、気づかぬか？　お主の足元に流れているものに」

言われて、シンは足元の木の板の隙間から水が流れる音がするのに気がついた。

シンが恐る恐るその木製の蓋を開けてみると、継ぎ目のないガラス質の水路に目を疑うほど綺麗な水が流れている。

「……な、なんだこれは？　まさか集落全体にこんな水が流れているのか？　水源はどこに？」

「実は――――」

カイルがシンに数日のうちに集落に起きたことを簡単に説明すると、シンはさらに戸惑った表情を見せた。

「なんだと？　お前の婆さんが熱心に語ってた御伽噺の『神獣』が地面を掘ったら出てきたのか？で、暴れ回る岩山のようなそいつを、掘り当てた客人が退治してくれた、と」

「はい。要約するとそうなります」

「で、その客人が『神獣』の死体を擂《す》り潰し、砂に撒いて水をやったらあっという間に肥沃な土地ができた、と……？　おいおい。お前の婆さんから聞いた神話でももうちょっと現実味がある話だったぞ」

「無理もありません。自分の目で一部始終を目撃していた僕ですら、未だに信じられないのですから。でも実は、まだ他にも集落の皆に言えていないこともありまして」

「……もういい。ここまでで俺の頭はパンパンだ」

カイルから聞いた出来事をすぐに飲み込めず首を横に振るシンに、長老は蓄えられた真っ白な髭の下から穏やかに笑いかけた。

「ま、要は我が集落がようやく人が豊かに住める土地になった、ということじゃよ。それだけわかっておれば問題はない。奇跡のようなことの連続じゃが、現実のものとして受け入れていくしかあるまい。この老いぼれの知る昔話を易々と凌駕する事態をな。噂を聞きつけた他の集落の者が早速、続々と助けを求めに集まってきておる。基本的には全員を受け入れる方針じゃ」

「うちの村にそんな余裕があるのか？」

「幸い金は不足しておらんし、建物の資材を買うのに困ることはない。水も共有物としていくらでもタダで使えるからのう。移住希望者が多いのも、それが大きいのじゃろう」

「は？　この透明な水を……タダで？」

「無論、決まり事は多々あるが、基本的には生活のために求める者には対価は取らぬ。それがあれをもたらしてくれたお客人の方針であったのでな。我々はその意図に従っているまでじゃよ」

「……なんてことだ」

「要するに、順風満帆ってことじゃ。お陰で大忙しじゃ。家屋の新築に農園の世話、それらを狙う盗賊対策とやることは山ほどある！　本当にいい時に帰ってきてくれたのう、シンよ！」

再び強い力で両手を握られたシンはまだこれが現実の出来事とは受け入れられず、しばらく上の空で故郷の集落を眺めていたのだが。

ふと、頭の上から大きな声が響く。

「おう、そこにいるのはシン兄ィか！　久しぶりだのうッ！」

見れば、集落の真ん中辺りに建てられた木製の見張り台の上に、弓を構える複数の青年たちに交じって見覚えのある体躯の大きな男が手を振っている。

「……その無駄にでかい声は。ゴルバか？」

「おう！　ワシじゃて！」

「お前も、随分と身体が大きく……いや。カイルとは比べ物にならんぐらい、デカくなったな？」

「がはは！　俺だけは食うもんには困らんかったしのう！」

頭上で豪快に笑う男が昔から毒蠍もモノともせずバリバリと食べていたことを思い出し、シンが半ば呆れながらも懐かしい顔を眺めていると、どこかから高い笛の音がする。

「なんだ、今のは。まさか、警笛か？」

「ああ、敵襲じゃ」

「敵襲？」

「時々、不届きな盗人どもがこうして集落の水や食い物を狙って押しかけてきよるんじゃ」

状況がよく摑めないシンの許に、集落の見張りをしているらしい若い獣人の声が届く。

「――ゴルバ隊長！　南南西より数、三十ほどです！」

「おうっ！　今日はそんなにいないな！　そんなら捕縛シフトAじゃあ!!」

「「了解ッッッ!!」」

「……捕縛シフトA？」

聞きなれない言葉の数々に首を傾げているシンの頭上に、無数の矢が一斉に遠くに飛んでいくのが見える。

矢の軌道は空に綺麗な弧を描き、やがて所々で爆発音と複数の悲鳴。

遠方で大きな砂埃が立つのが見える。

「……なんなんだ？　今のは。まさか、矢が爆発したのか？」

「うははは！　それはちょっと違うのう。賊どもがワシらの矢で追い込まれて、仕掛けてある魔導罠《トラップ》にまんまと引っかかった音じゃ」

「……魔導罠《トラップ》？」

「ロロ先生が、出発前にしこたま仕掛けておいてくれたのじゃあ！　非殺傷性の捕縛専用の魔導具じゃから、若いモンでも安全に扱えるようになっとる！　あれさえあれば、村の安全は盤石じゃあ！」

「この田舎の村にいつの間にそんなものが？」

「シレーヌ先生の教えの賜物じゃい！」

　呆れて言葉が出なくなっているシンの前に、ゾロゾロと先ほどの襲撃者らしき者たちが運ばれてくる。

「ゴルバ隊長っ！　襲撃者の捕縛完了しました！」

「おう！　そんじゃあ、そいつらをまとめていつもの場所に連れて行って、たらふく美味いもんでも食わせとけ！」

「……ちょっと待て。奪いにきた奴らに飯を食わせるのか？」

「いんや。これで良いのじゃよ、シン兄ィ！　食うに困って奪いにきたモンはまず、正気に戻してからでないと話し合いはできん！　ワシらとて、そうやってお客人に救われたんじゃからのう！　ま、気長に話し合おうや、盗人ども！　ここには水も食料も奪う必要がないぐらいたんまりある！　それさえわかってくれりゃ、いつでも故郷に返しちゃる！」

「……なっ、何を……？」

見張り台から颯爽と飛び降り、地面に砂埃を立てたゴルバは大笑いしながら襲撃者の首根っこを摑んで集落の奥へと連れて行った。

「一体、何がどうなっているんだ……？」

何もかもが様変わりした故郷に呆気に取られていたシンだったが、脇に立つ長老がシンの手にしていた小汚い革袋に目を留めて青い顔になった。

「シ、シンよ。お、お主……？　そ、その袋はどこで？」

「ああ。これか？　そういえば俺はこれを届けてほしいと預かって来たんだった」

「あ、預かって？　そ、それは、だ、だだだ、誰に？？？」

「……どうしたんだ、急に。ノールという奴だが」

「ノール!?　で、でででは っ、そそそっ、その中身は――――まさかァ……!?」

急に様子がおかしくなった長老はシンから奪うようにして革袋を手にすると、大慌てでその袋の口を開けて中を覗き込み、

「にゃ」

と言ったきりピクリとも動かなくなった。


「……おい、長老？　どうした？」

「――――に、にじ、いろじゃ。この中は綺麗な虹色じゃ……うふふ。やっぱり。この世は全て、虹色だったんじゃあ――――!」

「長老。その中身、見せてください」

袋に半ば頭を突っ込むような格好でぶつぶつと譫言《うわごと》のようなことを呟き始めた長老から、奪うようにして革袋を手にしたカイルは、その中身を確認すると額に冷や汗を浮かべた。

「やはり。この中身、全て『王金貨』のようです」

「……王金貨？」

「我々には普段、馴染みがありませんが『大金貨』の十倍の価値がある『白金貨』の、さらに十倍の価値があるという最高の価値の貨幣です」

「……なっ!? なんだと!?」

袋の中身の価値を伝えられると、今度はそれを運んで来たシンが狼狽えた。

「……あ、あいつ。出会ったばかりの俺にそんな大金を運ばせて……？ なっ、何を考えてるんだ……？」

あまりに気楽な自分の道中を思い一気に青ざめたシンだったが、もっと青い顔をした長老が袋を手に困惑した顔で中身を探っているカイルに大慌てで詰め寄った。

「ほっ、他には!? 王金貨の他に、もっとヤバいものとか入っておらぬじゃろうな!?」

「いえ。手紙が入っているだけのようです」

「てっ、手紙？ よ、寄越せっ！」

長老はカイルが袋から取り出した一通の封筒を奪うようにして手にすると、すぐさま中身に目を通した。そこには金色の装飾が施された非常に質の良い紙の上に、長老がこれまで人生で目にしたことがない程に整った綺麗な文字で短い文章が綴られていた。

長老とカイルへ
俺たちが行った『裁定遊戯《トライアル》』の結果、その村に課される税金は今後百年間無効になったらしい。

なので、これまで通り安心して生活してくれ。

それと成り行き上、『時忘れの都』を買って所有者《オーナー》になった。

そのせいで首都に呼び出されたので、これからサレンツァ家の人に会いに行ってくる。

畑を任せっきりにして悪いが、同封した金は使い道のない余った金だから、気兼ねなく使ってくれ。

ノール

そこには見覚えのある名前が特徴的な字体でサインされており、どうやらその手紙が長老が期待していた人物からのものであることはすぐにわかったのだが。

その内容を肩を寄せるようにして読んだ三人は驚きに言葉を失った。

あまりにも理解不能なことばかりだったからだ。


「……ひゃ、百年無税じゃと？」

「確か、我々の集落にかかる税金をめぐって『裁定遊戯《トライアル》』で争うと聞きましたが。どうしてその勝敗の結果でそこまでの話に？」

「そ、それは百歩譲ってまだ理解できるとして。あのお客人、ノール殿が現在の『時忘れの都』のオーナーに!?」

「は？　あいつが？　俺にはそんなこと一言も……？」

「それに、首都サレンツァに呼び出され、これからサレンツァ家と面会？　どっ、どどど、どういう状況じゃあ、シンよ……？」

「おっ、俺に聞かれてもわかるわけがないだろう!?」

「長老。もう一通手紙が入っています。こちらはリンネブルグ様からのもののようですね」

「そ、そっちもすぐに読ませろぉっ!」

引き続き袋の中身を探っていたカイルが二つ目の封筒を取り出した瞬間、長老はそれに必死の形相で飛びついた。そうして中身を取り出すと、複数枚収められていた装飾めいた紙の上に、先ほどとは違う印象の几帳面な文字でこうあった。

長老様　カイル様

まず、限られた時間の中で筆をとっておりますので、簡便に過ぎるご説明となりますことをお詫び申し上げます。

ご承知の経緯の通り、私たちはサレンツァ家の定めた法に基づき『時忘れの都』のオーナーであったラシード様と『裁定遊戯《トライアル》』にて対戦を行いました。

その結果、私たちが勝利し、争点であったその村に対する課税を百年分帳消しとする約束を取り付けました。

その際、掛け金としてお借りしたノール先生の資産がサレンツァ国内の通貨単位に換算して約七〇億ガルドから、一〇兆ガルドに増えた為、うち二兆を『時忘れの都』の購入費用に充てました。

現在、その地で働く従業員の方含め、『時忘れの都』全体がノール先生の資産となりましたことをご報告いたします。

残金の一部をここに同封いたしますが、先述の通りノール先生の資産額からすると全く影響のない範囲の送金となりますので、集落の方の為に気兼ねなく使っていただきたいとのことでした。

尚、双方の話し合いによりサレンツァ家と合意がなされた課税が免除される範囲はその『集落《むら》』が単位となり、他の取り決めはありません。

以上、非常に簡便となりますが、みなさま、くれぐれもお身体にはお気をつけください。

敬具　リンネブルグ・クレイス

簡便にという割にそこには経緯が細かく記されていたが、内容としては概ね先ほどの手紙と違いない。だが、問題はそこに記されていた具体的な内容だった。

ただでさえ不測の状況に狼狽えていた老人は、見たこともない数字の報告にさらに狼狽える。

「ノ、ノール殿の資産が一〇兆ガルド……!? いくらサレンツァ家相手の『裁定遊戯《トライアル》』とは言え、何がどうなればそんな数字……!? い、いや。それよりもこの状況、本当にどういうことなんじゃ……??」

あまりの事態に思わずゴクリと喉を鳴らした長老だったが、現実離れしすぎた内容にかえって頭が冷静になり、しばらくの間、静かに頭の中で考えを巡らせた。

そうして長老は隣の青年に対し、自分が感じた疑問を口にする。


「のう、カイル」

「はい、なんでしょう」

「一応、お前の考えも聞かせてもらいたいのじゃが。手紙にはこの集落《むら》が今後百年無税とあったが、それは今後、人が増えても変わらずに、ということじゃろうか?」

「おそらく、そういうことで良いのではないでしょうか。裁定は集落《むら》単位と書いてありますし、人間は増えもすれば減りもするものでしょうから」

「で、では。その場合、どこからどこまでを我々の『集落《むら》』とすればいいのじゃろうな? お前も知っているとは思うが、現在の集落の境界には特に明確な線引きはなく、今のところはなんとなく畑のある場所ぐらいまで、という認識じゃろ。じゃが、おそらく、今後移住希望者の家を建てていくとなると、さらに外へと外へと拡がっていくことが予想されるのじゃが……？」

「彼らが『裁定遊戯《トライアル》』でサレンツァ家に取り付けた約束の範囲は、あくまでもこの『集落《むら》』、という話のようですし、リンネブルグ様にいただいた文面通りだと広がったら広がっただけ、という解釈で問題ない気がしますが」

「な、なるほどのう……？　で、では!?　集落の中に存在する資産はどうじゃ？　どこからどこまでが無税だと扱われるのじゃろう？　人も蓄えた資産も、この村に所属する限りどれだけ増えても税が全て免除されるなんて。いくらなんでも、そんな都合のいいことがあるわけ……？」

「ですが、そうでないとは全く書いてません」

「じゃよな」

「むしろ具体的な取り決めがない以上、限度は特にない、と考えても差し支えないのでは？」

「…………そうじゃよな。実はワシもそう思っとった」

困惑しながら向き合う二人は、また一息ついて受け取った手紙を改めて見直した。

「────それと、のう、カイル。手紙の内容はまた別として、ずっと気になっておったんじゃが。このリンネブルグ様の署名の『リンネブルグ・クレイス』という名前、どこかで聞き覚えがあるような気がせんか？」

「彼女たちは北のクレイス王国から来たと言っていました。となると単純に考えて、私は彼女が隣国のクレイス王家の一員ということなのだろうと思いましたが」

「あっ、なるほど。そういうことか。それで、あのような気品のある振る舞いを。『湧水の円筒』のような宝物を調達できたのにも、ようやく合点がいったわい。あんなの普通、国宝レベルのモノじゃからのう。そのような方が、我らの集落に惜しみなく知恵と金銭を授けてくださった上に、サレンツァ家相手に我々の側に立ち『裁定遊戯《トライアル》』で勝利し……んでその結果、ワシらの集落は今後どんだけ栄えても百年無税、と」

「我々の状況をまとめると、そういうことのようです」


しばらくの間、努めて冷静に隣のカイルと会話をしていた長老だったが、次第に事態が飲み込めてくるとわなわなと震え出した。


「はわわわわわっ……！　こ、こりゃあ、どえらいことじゃ!!　こ、こうしてはおれん！　カイル！　今すぐ使者を出すぞ！」

「使者を？　どこにです？」

「近隣の獣人の集落全て……いや。サレンツァ国内で、所在がわかる限り全ての同胞を掻き集めよ！　この事態は何よりもまず、同胞の皆で膝を突き合わせて話し合わねばならん！　早急に将来のことを……これからのワシら獣人の百年を見据えての、話し合いじゃあ!!」

あとがき

『俺は全てを【パリイ】する』も第八巻となりました。

ここまでお読みいただき本当にありがとうございます。

アニメの方は先日、キャラクターの声を担当してくださる声優さんのキャストが発表になりましたね。私自身も各話のアフレコにご一緒させていただき、今まで私が知らなかった世界をたくさん垣間見ることになりましたが、まず声優さんの技の幅が凄すぎて。

本編のセリフを情感豊かに表現してくださるのも感激したのですが、劇中ではそこまで目立たない『ガヤ』と呼ばれる映像の環境音に使われる部分のアドリブ芸の幅がものすごく、おそらくそちらの業界の方にとっては常識であろう「人間の声帯は使い方次第で色々な音が出せる」という事実に驚いてばかりでした。

また、アフレコなどを通して私としては初めて、音響監督という作品作りにおいて非常に重要な役職のお仕事を見せていただくことになったのですが、作品全体を通しての音を統率する、まるでオーケストラの指揮者のような立ち位置に加えて、ご自身も各部分の印象を作る音のエンジニアでもありつつ、さらには裏で好き勝手に喋りまくる原作者のわかりにくい発言を演者様にリアルタイムで翻訳して伝えてくださる……というまるで神業のようなお仕事ぶりを日々拝見し、こういう方の存在なしには絶対に作品は作れないのだろうな、と感じずにはいられませんでした。

公表前のようなので一応お名前伏せさせていただきますが、ご担当いただいた音響監督様には様々な状況の交通整理に加え、作品のニュアンスやこちらの不明瞭な言葉の意図に至るまで正確に汲み取っていただきまして、本当にありがたかったです。改めて御礼申し上げます。

他にもここには書ききれませんが、アニメ作りの現場というのは様々なプロフェッショナルな役職が集まってできているのだと痛感した次第です。おそらく本書が世に出ている時点でもスタッフの皆様は日々制作に励んでいただいているはずでして。本当に頭が下がる思いです。

テレビアニメは二〇二四年の七月に放送開始予定だそうですが、本作を作ってくださるＯＬＭ様、福山大監督はじめ、シリーズ構成を担当くださった村越繁様の手により必ず素晴らしい映像作品となるはずですので、原作者としても今から多くの方に観ていただけるのが楽しみです。

なお、話を急に本の方に戻しますが、実は八巻の口絵と挿絵に描いていただいているザドゥとルード、諸々の都合で既に三巻の時点でカワグチさんにキャラクターデザインしていただいていたのですが、進行の遅い本作ではなかなか彼らの出番が訪れず、やっと姿がお目見えとなり個人的にホッとしております。

ザドゥと並んでルードのキャラデザもすごく好みなのですが、彼の顔が見えるのはおそらく少し先になりそうです。

砂漠の国サレンツァが舞台となる『商業自治区編』、もう少し続きます。

今しばらく物語にお付き合いいただければ幸いです。

鍋敷

サレンツァ家専用メイド服
のご紹介
カワグチ
スカート内側は
ヒモのついたポケットを
着用して
いま
ボンネット+コルネット
のような帽子
横の視界は遮られ
"下働きは余計な事を
考えるな"という
ザイードの趣味
耳のうしろで
ヒモを結んで
います。
サレンツァ家の人達は
「古代の神と王」
の服装を真似た
衣装を着ています。
(憧れ、なり替わろう
という気持ち、
コンプレックス)
なので
メイドや使用人とは
少し服飾文化に
差があるイメージ
です。

戦国小町苦労譚
転生した大聖女は、
聖女であることをひた隠す
領民0人スタートの
辺境領主様
ヘルモード
～やり込み好きのゲーマーは
廃設定の異世界で無双する～
二度転生した少年は
Sランク冒険者として平穏に過ごす
～前世が賢者で英雄だったボクは
来世では地味に生きる～
俺は全てを【パリイ】する
～逆勘違いの世界最強は
冒険者になりたい～
反逆のソウルイーター
～弱者は不要といわれて
剣聖（父）に追放されました～
毎月15日刊行!!
最新情報は
こちら

反逆の
ソウルイーター
～弱者は不要といわれて剣聖（父）に追放されました～
The revenge of the Soul Eater.
玉兎
ill・夕薙
EARTH STAR NOVEL

「才能なしの少年」

そう呼ばれて養成所を去っていった男・ノールは一人ひたすら防御技【パリイ】の修行に明け暮れていた。

そしてある日、魔物に襲われた王女を助けたことから、運命の歯車は思わぬ方向へと回り出す。

最低ランクの冒険者にもかかわらず王女の指南役となったノール。

だが…その空前絶後の能力を、いまだノールだけが分かっていない…。

才能がないと言われ、
磨き上げた最底辺スキルの
防御技【パリイ】で
無自覚最強は
危機に陥った王国を救えるか!?

EARTH STAR NOVEL

俺は全てを【パリイ】する　8
〜逆勘違いの世界最強は冒険者になりたい〜

発行 ―――― 2024年5月15日　初版第1刷発行

著者 ―――― 鍋敷

イラストレーター ―――― カワグチ

装丁デザイン ―――― 荒木恵里加（BALCOLONY）

発行者 ―――― 幕内和博

編集 ―――― 古里 学

発行所 ―――― 株式会社アース・スター エンターテイメント
〒141-0021　東京都品川区上大崎3-1-1
目黒セントラルスクエア　7F
TEL：03-5561-7630
FAX：03-5561-7632

印刷・製本 ―――― 中央精版印刷株式会社

ISBN 978-4-8030-1948-3